神様の子守
はじめました。
16

霜月りつ

この作品はフィクションです。
実在の人物・団体・事件などに
一切関係ありません。

神様の子守はじめました。 16

目次

第一話

神子の雪山こぼれ話

「ねーあじゅさー。ゆきふるかなー」

廊下のガラスに張り付いて空を見上げていた蒼矢《そうや》が言う。

梓《あずさ》はその言葉に窓の外を見た。

さんさんと日差しが降り注ぐ早春の青空。残念ながら蒼矢の願いは叶わないだろう。

「今日は降らないと思うよ」

「いつふるー？」

「うーん、来年かな」

「ライネンっていつー？」

「ずっと先」と言おうとして、そんな言葉じゃ納得しないなと思い直す。

「ずっとずっとず――――……っと、先」

息が切れるまで長々とのばした言葉に蒼矢もようやく諦めたようだ。ふくれっつらをしてコタツに戻ってくる。

「おやま、またいきたいねえ！」

コタツに足をいれて天板の上でみかんをむいていた朱陽《あけび》が叫んだ。

「そうだね、また連れていってもらおうね」

梓は房から白い筋をとって白花《しらはな》に渡す。白花はそれを手の中で十分に揉《も》んで口にいれた。

「またゆきだるま、ちゅくる……」

白花はそう言って笑った。

「みじゅのかみさまと……おうたうたう」

ね、と横の玄輝《げんき》に声をかける。玄輝はコタツにすっぽり入って、まさに亀のように顔だけ出して寝ていた。

子供たちは先月行った雪山がとても楽しかったらしい。いまだに何度もその話をする。

「あじゅさ、しゅきー、おじょうじゅだったね！」

朱陽は皮をむいたみかんを割ると、その半分を一気に口の中に入れる。案の定むせて四分の一を吐き出した。

「朱陽、ひとつずつ食べなさい」

「おくちのなかいっぱいがいいの」

天板の上と口の周りをみかんの汁で汚しながら、朱陽は楽しそうに笑う。

「また、ゆきがっせん、したいなー」

「そうだね、雪合戦、みんなでしたね」

そう、雪合戦と言えばこんなことがあった……。

雪合戦をしよう

ロッジ前の敷地はかなり広くとられている。子供たちはそこで雪だるまを作ったり、かまくらを作ったりしているのだが、その日は突然雪合戦が始まった。

チーム分けは相談したのではなく、たまたまそうなったのだろう。それでもうまいぐあいに朱陽と玄輝、蒼矢と白花と分かれた。

梓はロッジの入り口に座り、コーヒーを入れたカップで手を温めながら子供たちの様子を見ていた。ロッジの入り口は五段くらいの木製の階段になっており、雪は三段目まで積もっている。

「げんちゃん、ゆきぼーる、いっぱいつくって!」

朱陽が玄輝にお願い(命令?)する。玄輝はそれに応えてひょいひょいと雪玉を作り出した。とにかく手にとるだけで雪が丸くなるのであっという間に山と積まれる。

だが、作るだけ作ると「よっこらしょ」といわんばかりにその場に腰をおろして居眠りを始めるので戦力にならない。

対して蒼矢・白花組は、二人で投げてくる。ただし、白花は雪玉をきれいな丸い形にすることにこだわるので、投げるまでに時間がかかった。

結果、朱陽と蒼矢の戦いになる。

「あけび、ずっるいぞ！」

蒼矢が朱陽の背後にある玄輝製作の雪玉の山を睨みながら大声をあげる。そのとたん、ニットの帽子に朱陽の投げた雪玉がぶつかった。

「きゃははっ！」

朱陽が飛び上がって喜ぶ。蒼矢は顔を真っ赤にしてわめきだした。

「あけびのばかっ！　おこったかんね！」

蒼矢の周りから風が巻き起こる。それは今朝新しく降った細かな雪を巻き上げ、白いつむじ風となった。

「あ、蒼矢！」

梓はカップを階段の上に置いて立ち上がった。

「だめだよ！　やめて！」

だが蒼矢の怒りは白い風牙《ふうが》となって朱陽に襲いかかる。目を丸くして硬直していた朱陽はたちまち吹雪の中に消えた。

「朱陽！」

梓は吹雪が通り過ぎた雪の上に駆け寄った。朱陽の姿も居眠りしていた玄輝の姿も見えない。辺り一面真新しい雪に覆われていた。

「蒼矢！　なんてことするの！」

「だって！　あけびがわるいもんっ！」

蒼矢がすぐに言い返した。

「遊んでいるとき四獣の力を使っちゃいけないって言ったよね？」

梓は急いで朱陽と玄輝を掘り出そうと雪の上に膝をついた。そのとき。

シューッと地面が湯気《ゆげ》を噴き出した。

「うわっ、あっつ！」

あわてて手を引っ込め立ち上がる。梓の足下の雪がたちまち溶け出してきた。

「朱陽？」

雪の中から真っ赤に燃え上がる鳥が飛び出す。朱陽が変身した朱雀《すざく》だ。

（そーちゃん、やったなー！）

朱雀は翼を大きく広げると、ばさばさっとはばたき始めた。とたんに熱風が梓の頬を焼く。

「あ、朱陽！　やめて、雪が溶けちゃう！」

朱陽が翼を振るたびに、周りの木々に積もる雪が溶けてどさどさと落ちる。

梓は雪玉を持ってつっ立っている白花を抱き上げ、玄関に避難させた。

「玄輝、玄輝は？」

朱陽と一緒に雪に埋まったはずだ。溶けたから出てきただろうか？

蒼矢もまた青龍《せいりゅう》に変化し、朱雀の巻き起こす熱風を、自身の周りに吹雪のバリアを張って受け止めていた。

「二人ともやめなさい！」

このままではロッジの夫婦や客たちに気づかれてしまう。いやもうだいぶロッジ前の景色が変わっていた。

梓は思い切って熱波と冷波の間に飛び出そうとした。だがそれより早く、大量の水が朱雀と青龍に浴びせかけられた。

（きゃーっ！）

（ひゃーっ！）

二人は悲鳴を上げ、雪の大地に――いや、すでに溶けてドロドロになった地面にびしゃっと墜落《ついらく》した。

「朱陽！　蒼矢！」

子供の姿に戻った二人を梓は駆け寄って抱き起こす。

「大丈夫!?」

朱陽は目をぱちくりさせ、蒼矢もびっくりした顔で梓を見上げている。二人とも顔も服も泥だらけだ。

「今のは……」

振り向くと、雪の上に玄輝が立ち上がっていた。口を引き結んでこっちを睨んでいる。その顔は静かだったが、確かに怒っている。

「玄輝、大丈夫?」

いきなり雪に埋められ、次に炙《あぶ》り出されては、普段温厚な玄輝も頭にきたに違いない。

「げんちゃん……」

「げんちゃん」

玄輝はぽすぽすと雪の上を歩くと、尻餅《しりもち》をついている朱陽と蒼矢の前に立った。

「けんか、だめ」

めったに見せない玄輝の本気の怒りに、朱陽も蒼矢もしゅん、となった。

「ごめんちゃい」

「ごめーん……」

玄輝は泥だらけの玄関前を足でとんとんと踏んだ。

「もとにもどして」

「どーやって?」

朱陽が困ったように聞く。

「あじゅさ、どうしよう」

蒼矢も困惑して泥に汚れた顔で梓を見上げてきた。

「そうだね、」

梓は周囲を見回した。ちょうど家一軒分くらいの広さに雪が溶けてしまっている。

「……朱陽、この地面乾かせる？」

「うん」

朱陽は泥の中に膝をつき、両手を地面につけた。その場所から徐々に水が蒸発してゆく。

「蒼矢は風で周りの木から雪を集めて」

「おっけー」

朱陽とは逆に蒼矢が空に手を伸ばす。すると風が勢いよくあたりの木々の枝を揺らし始めた。きらきらと光りながら雪が集められてゆく。

朱陽が乾かした地面の上に、蒼矢が雪を運んできた。ものの五分もたたないうちに、ロッジの前の雪原が元に戻る。

「これでいい？」

二人は玄輝の様子をうかがいながら聞いた。玄輝は積もった雪の上でぴょんとはねて、雪の感じを確かめた。

「……ん、」

二人に向かって親指を立てる。朱陽と蒼矢は、今まで喧嘩していたことも忘れたような笑顔になって、お互いにハイタッチした。

やれやれと梓はため息をつく。しょっちゅう喧嘩はするが、二人で協力するときは一番気があう。

「よし、じゃあ二人とも着替えようか。泥だらけだ」

梓は朱陽と蒼矢をロッジの入り口へ促した。それから雪原を眺めている玄輝の頭に手を置く。

「ありがとう、玄輝。二人を止めてくれて」

玄輝はにまっと笑って梓の足にしがみつく。その体を抱き上げると、すぐに胸に顔を寄せて眠り始めた。

ロッジの入り口には白花が待っている。梓の置いたカップを持っていてくれた。

「じゃあお着替えしたらスキーしようか」

梓が言うと玄輝以外の子供たちは明るい声をあげた。

「あいあーい！」

……。

「ゆきがっせんしたねえ」

朱陽がコタツの天板に頬をつけて言う。

「もう変身しちゃだめだよ」

「えへへー」

蒼矢にも言ったがぷいっとそっぽを向かれた。

「あとね、かまくら！」

「あ、そうだね。お汁粉《しるこ》食べたね」

朱陽の言葉に思い出す。そう言えばこんなこともあったね……。

かまくらで遊ぼう

「あじゅさ、あじゅさ、きてー！」

珍しく白花が大きな声をあげて梓を呼びにきた。ちょうどロッジの管理人の藤堂《とうどう》さんに晩ご飯の予定を聞かれていたときだった。

「どうしたの？」

「あのね！　みちゅけたの……みちゅけたの！」

白花ははあはあと息を切らせて梓の手をひっぱる。

「はやくはやく、きてー！」

行ってあげてください、と藤堂さんが目を細めて言う。梓は頭を下げると白花に手を引かれて入り口に向かった。

入り口の階段を降りると除雪のために寄せられた雪の山の前に、ほかの三人の子供たちがしゃがみこんでいる。みんな熱心な様子で一点をのぞき込んでいた。

「どうしたの？　なにかいるの？」

梓は子供たちの背後から雪山を覗いた。蒼矢がぱっと振り向き、「すっげーの！」と叫ぶ。

朱陽が指さす場所を見ると、それは雪山に空いた小さな穴だった。

「ん？」

梓にはなにも見えない。ただ積まれた雪山に穴が……。

「ほらっ、ほらっ！」

梓の鈍《にぶ》さにしびれを切らしたか、蒼矢が穴を指さす。もう一度よく見て、梓はようやく気づいた。

「あ、……へえ」

雪の穴の中がほのかに青く輝いているのだ。

「ゆきのなかにおそらがあるのよ！」

朱陽は興奮した様子で叫んだ。

「ちげーよ！　うみがあるんだよ！」

蒼矢が反発する。

「あじゅさ……どうしてゆきのなかあおいの？」

白花がきらきらと目を輝かせる。

そういえば子供の頃はよく見ていた。雪深い福井《ふくい》では積もった雪の中が青いのは当たり前のことだった。雪かきでスコップを雪の中につっこめば、そこが青くなる。あまりにも当たり前すぎて忘れていた。

「確か、光の波長の短い青い光は吸収されずに反射するから、……じゃなかったかな」

「おそらじゃないの？」

「うみじゃないの？」

朱陽と蒼矢が多少がっかりしながら言った。

「うん、お空でも海でもないよ。光なんだ」

「ふーん。ひかりかあ……」

蒼矢は青の光の中に手を入れたり出したりした。

「あ、そういえば……」

梓には思い出したことがある。なぜ雪の中が青く光るのか、それを教えてくれた人のことを。

あれは高校二年生の冬だったか、雪の降った道を学校に向かって歩いていた。そのとき後ろから「おはよう」と声をかけられたのだ。

振り向くと同じクラスの女子が手袋をはめた手を広げて笑っていた。

「おはよう」

あまりしゃべったことのない相手だったので、梓はどぎまぎしながら答えた。

そのあと一緒に歩いたが、とくになにか話をするわけでもなく、梓は自分のスニーカーの先を見ながら歩いていた。

雪がどんなに積もっても男子たちは長靴を履かなかった。毎日つま先をびしょびしょにしながらスニーカー登校だ。

相手も気づまりになって話題を引っ張り出したのだろう。

「ねえ、雪ってさ、穴があると青く見えるじゃない？」

「あ、そうだっけ」

自分でもそっけない答えだと思う。

「羽鳥《はのとり》はあれってなんでか知ってる？」

「しらん」

そう答えると彼女はちょっと自慢気に顔を上に向け、説明を始めた。

「そもそも雪が白いのは色を吸収してるからなんだよ」

「へえ」

「だけど青の光だけは吸収されなくて中に入って反射してんの」

「なして？」

「波長が短いから……だったかな。海が青く見えるのも同じ理由」

「海って空を写してんじゃないの？」

「ないの。びっくりでしょ」

「うん、初めて知ったわ」

梓が答えると彼女は満足そうに、にこにこした。

「わたしね、雪の青いとこ大好きなんよ」

「へえ」

「雪の青いとこは、コバルトの影なんよ」

「コバルトの影？」

「『手袋を買いに』って童話知ってる？　狐の子供が手袋を買いに人間のお店に行く話」

「ああ、……聞いたことあるわ」

「新美南吉《にいみなんきち》の童話ね。そこに出てくるよ」

そんな話をしているうちに学校へついた。彼女は校門をくぐると周りの目を気にしてか、足早に梓から離れ一人で校舎に入っていく。残された梓はスマホで『手袋を買いに』を検索したのだ。

なんてことない朝の会話。だけど読んでみた『手袋を買いに』は優しい話で、そのあと梓も雪の中に青い光を見つけるのが楽しみになった。ときにはわざと足先で雪をつついて掘り出してみる。

もう彼女の名前も定かではないが、あのときの嬉しそうな笑顔は覚えている。思い出すと、あの朝の冷たい空気や隣を歩く彼女の足音、そわそわとした気持ちがよみがえる。なんだか甘酸っぱい、ちょっと切ない思い出だ。

梓はスマホでコバルトブルーと入力し、その色を画面に表示させた。

「見て。この青い色、コバルトブルーって言うんだよ」

子供たちの頭がスマホの小さな画面に近寄ってくる。

「それでね、雪の中の青い光をコバルトの影って書いた童話があるんだ。読んであげるね。とってもかわいいお話しだよ」

梓の言葉に子供たちは喜んだ。お話しを聞くのは大好きだ。

ロッジに入ると暖炉のある部屋に集まり、子供たちはおのおのクッションを抱えたり、毛足の長いカーペットの上に転がったり、梓の膝に頭を載せたりした。

梓はスマホで検索すると、子供たちに『手袋を買いに』を読み聞かせ始めた。

子供たちは、子狐のかわいらしさに笑い、お母さん狐の優しさにうっとりし、町へ降りた子狐の失敗にはらはらして、無事に手袋を買えたことにほっとした。

梓はおしまいの方の文章を読んだ。

『二匹の狐は森の方へ帰って行きました。月が出たので、狐の毛なみが銀色に光り、その足あとには、コバルトの影がたまりました。』

「コバルトのかげ、でたー」

蒼矢が大きな声で叫び、白花に「しっ」と指を立てられた。

そのあとも続けて最後まで読んで、「おしまい」と梓はスマホの画面を閉じる。

「どうだった？」

子供たちを見まわすと「おもしろかったー」と声が返ってくる。

「ぼーしやさん、やさしくてよかったねー」

朱陽は自分の手を見ながら言う。

「あーちゃんもすぐどっちかわかんなくなる」

「おちゃわんもつのがひだり、おはしもつのがみぎ」

白花がそう言って朱陽と手を合わせた。

「いーことかんがえたー！」

蒼矢がいきなり立ち上がった。

「あじゅさ！　もっともっとおっきなあながあったら、うみみたいにぜんぶあおくなるんじゃない!?」

「え……？」

「おっきなあなほるの！　そんでそこにはいったらうみみたいじゃない!?」

蒼矢は自分の考えに興奮し、鼻息を荒くしている。梓は蒼矢の言ったことを考えてみて、

「そうか」と手を打った。

「じゃあかまくらをつくろう」

「かーまーくーら？」

梓は両手を広げて丸い山の形をなぞった。

「そう。こーんな雪でできたおうちだよ。雪の中に洞窟《どうくつ》みたいに穴を掘って作るんだ」

「それだ！」

蒼矢は朱陽の手を取った。

「あけび、きて！」

「えっ？　えっ？」

ドタバタと大きな足音をたてて蒼矢と朱陽が飛び出してゆく。

「仕方ないなあ、蒼矢は」

梓は笑いながらゆっくりと立ち上がった。

「みんなもいく？」

「いく……！」

「ん」

白花と玄輝も二人のあとを追って走って行った。梓は暖炉の前に散らばったクッションを直すと入り口に向かった。


ロッジのドアを開けると、蒼矢と朱陽が除雪のために積み上がった雪の前に立っているのが見えた。どうやら朱陽に雪を溶かさせているらしい。

朱陽は雪の山に両手を当て、温度を調節しながら溶かしていた。しばらくすると子供一人くらいが入れるだけの穴が空く。

「おー！　どーくつみたいになった！」

さっそく蒼矢が中に入る。

「もっとー、あな、おっきくできりゅ？」

蒼矢の声に応えて朱陽も中に入ると上の方に手を向けた。ぼたぼたと溶けた水が降りかかってくるが、二人は気にせず穴が大きくなっていくのを見守っている。

「てんじょーたかくなった！」

蒼矢がぴょんぴょんはねながら両手で天井に触ろうとする。

「これでみんなはいれるねー」

雪を溶かす作業をやめた朱陽が、一度かまくらの外へでてきた。腰に手を当てて自分の仕事のできを見ている。

「へえ、上手にできたねえ」

梓は階段を降りてかまくらの前に立った。残念ながら蒼矢が期待したようには青く見えない。だが、当の蒼矢はそのことはもう忘れたみたいで、空いた穴の中に大の字に寝転がっていた。

「ここ、おれのいえー！」

「ちがうよ、みんなではいるんだよ」

朱陽が口をとがらせて反発する。

「だめー、かんがえたのおれだもん！」

蒼矢は急いで立ち上がると両手を広げて入り口を塞いだ。

「あけびはもういっこつくればいいじゃん」

「こら、蒼矢」

梓は腕を組んで中にいる蒼矢に怖い顔をしてみせた。

「どうしてそんな意地悪言うの」

「べぇ――っだ！」

蒼矢が思いきり長く舌を出す。そのときだった。

いきなりかまくらの天井が崩《くず》れて蒼矢の上に降りかかった。

「あ――――っ!!」

蒼矢の悲鳴も雪の中に消える。外にいた子供たちはびっくりして顔を見合わせた。どうやら朱陽の火が天井をもろくしてしまったらしい。

「蒼矢、大丈夫？」

梓は急いで蒼矢を掘り起こした。すぐに蒼矢の体がでてきたが、彼は自分の身に起こったことに考えがついていかなかったようで、ぼんやりした顔をしていた。

「おれのかまくら、どうしたの？」

「溶けちゃったんだよ」

そう答えると今更ながら怒り出す。

「なんで!?　あけび、これケッコンジュータンじゃないの！」

「ケッコンジュータン？」

朱陽が首を右にかしげる。

「そーちゃん……あーちゃんとけっこんすんの……？」

　白花も首を左にかしげた。

「ちげーし！　しねーし！」

　蒼矢は足をじたばたと動かす。梓も首をひねっていたが、やがて思い当たった。

「ああ、欠陥住宅《けつかんじゆうたく》か」

　なんでそんな言葉知っているのだろう？

「朱陽の熱が強くて溶けちゃったみたいだね。でも、もしかしたら蒼矢が意地悪言うからバチが当たったのかもしれないよ？」

「バチじゃねーし！」

　蒼矢はぷんぷん怒っている。それを見ていた玄輝はそばの別な雪山に向かう。

「玄輝？」

　梓が呼ぶと玄輝は肩越しにちらと振り向いて、親指を立ててみせた。どうやら自分でもかまくらを作ってみる気になったらしい。

　玄輝が自分の背丈より高い雪山に片手をあげると、やはり穴が開いてゆく。だが、それは溶けるというより雪が玄輝の手を避けていっているようだった。

　十分広げると今度は中に入って天井を撫でる。すると玄輝が触れたところから凍り付いてゆき、つるつるになっていった。

仕上げとばかりに玄輝は外へ出て、ふわりとかまくらの上に降り立った。その足下からかまくらはパキパキと凍り始める。

「ん、」

玄輝は自分の作ったかまくらの上でぐるりと一回転すると、みんなに向かって手を振った。

「どーじょ」

わっと子供たちが歓声をあげ、中に飛び込む。

「わーあおいよ！」

「ほんとだ、てんじょーあおいー」

きゃっきゃと子供たちが声をあげるので、梓もしゃがみこんで玄輝特製のかまくらに入ってみた。

なるほど、うっすらと青く輝いている。

「あらぁ、みんないいわねえ」

外から弾むような声が聞こえた。藤堂夫人だ。両手で頰を押さえ、感心した顔で見ている。作り方を見られやしなかっただろうな、と梓はひやりとした。

「上手に作ったわねえ」

「あのね、げんちゃんがちゅくったの！」

朱陽が自分のことのように自慢げに言う。

「あけびのはケッコンジュータンだったの！」

蒼矢が言いつける。朱陽は「なにーっ」とわめきながら蒼矢につかみかかった。

「上手にできてるから、おばさんいいもの持ってくるわ」

「いいもの!?」

その言葉に子供たちの顔が輝く。いいものはなんでも大好き。だっていいものだもの！

「ええ。羽鳥さん手伝ってくれる？」

「あ、はい」

梓は藤堂夫人に連れられてロッジに入った。夫人から渡されたのは分厚いラグとムートンだ。

「もう使ってないから」とかまくらに敷くように言われた。

「みんな、藤堂さんに貸してもらったよ」

梓はそう言ってラグをかまくらに運び、ムートンを敷いた。子供たちはその上に腰をおろし、「ちゅめたくなーい！」と喜んだ。

「さあさあ、座ったらこちらをどうぞ」

そう言いながら藤堂夫人が運んできてくれたのは、お椀《わん》いっぱいのお汁粉だ。

「わあ！」

かまくらの中で子供たちは湯気をあげるお椀にふうふうと息を吹きかけた。

「あったかーい！」

「あまーい！」

「おもちー……！」

「……！」

子供たちは手袋をはめたままだったが、上手に箸を使ってお汁粉を食べた。

「かまくらいいねー」

蒼矢が口にくわえた餅《もち》を箸で伸ばしながら叫ぶ。

いつもと違う場所で食べるだけで、最高のイベントになる。

「このかまくら、とっても上手にできたから、きっと春まで残っているよ」

梓は内側を手で撫でながら言った。すると白花が顔をあげて、

「そしたら……きつねさんやうさぎさんも……はいってあしょぶかな……」

「うん、きっと森の動物たちも入りたくなるよ」

「うん……」

白花は嬉しそうに笑った。

あとから梓は「なぜ子供たちがかまくらにはいってお汁粉を食べているシーンを写真に撮らなかったのだ！」と翡翠《ひすい》に怒られるはめになるのだが――それはまた別のお話……。

「おしるこ、おいしかったねえ」

朱陽は両手で頬を押さえてうっとりする。

「かまくらちゅくるのたいへんだったけど、おもしろかったな」

まるでいっぱしの棟梁《とうりょう》のような口調で言うが、蒼矢はなにもしていない。

「まだかまくらのこってるかなあ……」

白花が天井を見上げた。

「きちゅねさんやうしゃぎさん……おうちにしてるかな……」

梓にも見えた。雪が降る中、森の動物たちがかまくらに集まり身を寄せている姿が。

青く輝く天井の下で、楽しくおしゃべりしている姿が。

「あと――すけーと！」

蒼矢が声を張り上げる。

「おしゃかなつりもした！」

そうそう、そんなこともあったね……。

スケートであそぼう

近くの沼でスケートができますよ、と藤堂さんに教えてもらった。梓も室内スケートはしたことはあったが、さすがに天然の氷の上は経験がない。

「十分な厚さがあって、大人もわかさぎ釣りなどしているので、お子さんたちがはしゃいでも大丈夫ですよ」

そんなふうに保証されたら、行くしかないだろう。雪山に来ているうちに、体験できることはなんだって体験させてみたい。

少し距離があるということで、翡翠にクルーザーを出してもらった。

「わかさぎ釣りか。私の泉ではやったことはなかったが、知り合いの湖や沼では盛んだったな」

翡翠がうきうきした様子でハンドルを握る。紅玉《こうぎょく》は「氷の上で滑って転ぶのを楽しむなんて理解できんわ」と不参加だ。そもそもロッジに来てからは、暖炉のそばに陣取《じんど》ってあまり外へ出てこない。

教えてもらった場所までは一〇分ほどで着いた。すでに車が何台か止まっている。ナンバーを見るといずれも地元なので、近所の人たちが来ているのだろう。

「わー、おみじゅこおってるー」

沼はほぼ正円《せいえん》だった。遊びにきた人たちを歓迎してくれるかのように、日差しを反射して美しく輝いている。その上で数人の人たちが思い思いに滑っていて、何人かは持ち込んだ小さな椅子に座って糸を垂らしていた。

「あれ、なにしてんの？」

車から飛び降りた蒼矢が、氷の上で小さな椅子に腰かけている人たちを見ながら言った。

誰もがもこもこした分厚いダウンにくるまって背を丸めている。湯気をあげるコーヒーを傍らに置き、寒さをも満喫《まんきつ》しているように見えた。

「おさかな釣っているんだよ。わかさぎっていう氷の下にいる小さな魚」

「おれもやりたい！」

駆けださんばかりの蒼矢を梓は抱き止めた。

「今日は魚を釣る準備をしてないからだめだよ」

「できるもん！　あけび、こーりとかして！」

「わあ、だめだよ！」

梓は「まーかしぇて」と腕を振り上げる朱陽の襟首をあわてて掴んだ。

「朱陽、これから氷の上で遊ぶから絶対氷を溶かしちゃだめだよ？　みんな水の中に落ちちゃうからね」

「わかったー！」

「ちぇー」

蒼矢は不満そうだ。梓は気をそらすために、藤堂さんが貸してくれた小さなスケート靴を子供たちの足に履かせた。みんなこの薄い刃でどうやって立てばいいのかわからず、雪の上に足を投げ出している。

「じゃあ一人ずつ氷の上に出てみようか」

「羽鳥梓、私が三人面倒見よう」

「え？」

翡翠はいつものスーツではなく、ダウンジャケットにサングラスという姿に一瞬で変わった。

それから三体に分裂する。ご丁寧にダウンジャケットの色は赤、白、黄色だ。地面に落ちる影が、全員普通の人たちより薄い。

「翡翠さん、スケートできるんですか？」

「私を誰だと思っている。水の精だぞ。水が凍った氷の上など芝生のようなものだ！」

三人の翡翠がいっせいにふんぞり返った。

「じゃ、じゃあ目立たないようにお願いします」

「うむ、まかせろ」

梓は蒼矢を抱き上げて氷の上に立たせた。両手を握っていたが蒼矢はへっぴり腰で膝がぶるぶる震《ふる》えている。

「あじゅさ、てぇ、はなさないで！」

「離さないよ、大丈夫。ほら、すべるよ」

「やあっ！　しゅべる！　やだ！　とめて！」

「大丈夫大丈夫、ほら、足を動かしてみて」

「あしどうやんの！　まって、ころぶから！」

ちらっとほかの三人を見ると、朱陽はもうコツをつかんだらしく、翡翠1と手をつなぎ、ぎこちなくも足を動かしている。

白花はすでに諦めたようで、翡翠2に抱かれて滑っていた。

玄輝は……。

「わあっ、待て玄輝！」

翡翠3の叫び声が聞こえた。見ると玄輝がはらばいになったまま。すーいと氷の上を進み、そのあとを翡翠3が追いかけているところだった。

「……まあいいか」

梓は見なかったことにして、自分の手にしがみついている蒼矢に視線を戻した。

「ほら見て、蒼矢。朱陽はもう滑れているみたいだよ」

指さして教えると蒼矢がぎくりとした顔をした。朱陽もこちらに気づいたようで大きく手を振ってくる。むうっと蒼矢の口がへの字になった。

「蒼矢、転んだっていいじゃない。三回転べば滑れるよ」

「……ほんと？」

「梓はそうだったけどね」

「ううー」

蒼矢はかっこつけのあまり失敗を恐れる性質があるが、朱陽にだけは負けたくないという意地がある。

「おれ、ばんがる！」

蒼矢は悲壮《ひそう》な顔で氷の上に足を踏み出した。

その梓と蒼矢のそばに白花を抱いた翡翠2が滑り込んできた。翡翠2は白花のおねだりに応えて回転したりジャンプしたりと忙しい。

「白花、自分で滑らないの？」

「しゅべらないの……」

「蒼矢は失敗しても頑張って滑るって言ってるよ？」

目を向けると蒼矢はうん、と力強くうなずいた。だが白花はそっけなく、首を振る。

「しゅべらないの」

きっぱりと言う。

「じゃあねえ」

梓はスマホを取り出して検索した。そして目当てのものを見つけると「ほら」と白花の顔の前に出す。そこにはＳＮＳで本木《もとき》貴志《たかし》がスケートをしている動画が映っていた。

「あるかなと思ったらあったよ。貴志くん上手だね。白花、一緒にスケートしようって言われたらどうするの？」

白花の表情が変わる。食い入るように氷の上で滑っている本木貴志を見つめていた。

「たかしちゃん、かっこいい……」

「かっこいいね」

白花は本木貴志のスケートをじっくり見た後、大きく息をついて宣言した。

「しらぁなもしゅべる……！」

「し、白花、無理しなくていいんだぞ？」

翡翠2がなだめたが、白花は強固に氷の上へ降りると言い張った。

「羽鳥梓……せっかく白花をだっこできる機会を奪いおって……！」

翡翠2が睨んできたが、梓はそっぽを向いた。できれば全員に滑る体験をしてほしい。

「白花にスケートを教える権利を譲りますよ」

「むむ、それは栄誉なことだが」

「子供たちがスケートをしている写真で写真集ができま……」

「よし、白花。練習しようか」

翡翠は白花の手を取った。梓も蒼矢を背後から支えて滑り出す。

日差しは暖かく、スケートを始めたばかりの子供たちを見守っているようだった。


子供の集中力、吸収力というのはすごいもので、三〇分もすると全員が滑れるようになった。玄輝は腹ばいで滑っている方が多かったが、立たせればちゃんと足で滑ることができる。

のんびり滑る玄輝は放っておいても安心して見ていられたが、朱陽と蒼矢を二人にすると危険だった。互いにスピードを競って氷の上の暴走族と化している。梓と翡翠はたびたび二人がスピードを出すのを止めなければならなかった。

白花の上達も素晴らしかったが、本木貴志と滑ることを想定しているのか、手を持ってくるくる回る技術ばかり高めている。あとから「たかしちゃんとすべれない」と恨まれそうで、安易に本木貴志をダシに使ったことを梓は反省した。

氷の上の子供たちを見ていると、蒼矢と朱陽がわかさぎ釣りをしている人のそばへ近づいていくのが見えた。梓は氷を蹴って二人を追いかけた。

「こにちわー」

朱陽がものおじせずに釣り人に声をかける。話しかけられた初老の男性はちょっとびっくりした様子だったが、すぐに相好《そうごう》を崩した。

「こんにちは」

「おしゃかなさん、とったぁ？」

朱陽が続けて話しかける。男性はそばに置いている三つのバケツを指さして見せた。

「うん、たくさんとれたよ」

蒼矢はしゃがんでバケツの中を見た。銀色の小さな魚が円を描いて泳いでいる。

「おー、たくさんー」

「これたべりゅの？」

朱陽も横にしゃがんで聞く。氷の上で子供たちの声はよく通る。

「そうだよ、天ぷらにしたり、網で焼いたり」

ぱあっと二人の顔が輝いた。

「おいちいの？」

「とってもね」

「へえー」

二人はバケツの中の魚を指でつつく。

「おれもおしゃかなしゅき！　おさしみいちばんしゅき！」

「そう。わかさぎも刺身にできるよ」

「へえ！」

蒼矢はくるっと梓の方を振り向いた。

「あじゅさー、おしゃかなおさしみにできるって」

声をかけてなかったのに、自分が近づいてきたことがわかったらしい。梓は初老の男性に軽く頭をさげた。

「すみません、お邪魔して」

「いやいや。元気のいいお子さんたちですね。釣りはしないんですか」

「今日は準備をしてこなかったので。機会があれば挑戦します」

「よかったらお持ちになりますか」

男性はバケツを見る。梓はあわてて首を振った。

「ありがとうございます、でも僕たちはロッジで食事が用意されてますので」

「ロッジはどちらですか？」

「恵比寿《えびす》ロッジです」

男性はうなずいた。

「ああ、じゃあ藤堂さんですね。大丈夫ですよ、藤堂さんとは知り合いですし、小林《こばやし》がくれたと言ってください。上手に料理してくれます」

「え、でも」

梓は子供たちを見た。蒼矢も朱陽も期待に満ちた顔をしている。

「じゃあお言葉に甘えて……バケツはどうすればいいですか？」

「取りに行きますよ。藤堂さんに預けておいてください」

小林と名乗った男性はにっこり笑う。蒼矢と朱陽は「わーい、わっかさぎわかさぎ！」と飛び上がった。

「よかったら釣ってみる？」

小林さんは蒼矢に釣り竿を見せた。蒼矢が断るはずもない。すぐに細い釣り竿を握らせてもらう。

わかさぎ釣りに使う釣り竿は普通のものより短い。穂先と呼ばれる釣り竿の先だけをリールにつけて使用する。

氷の穴に糸を放り込むと、おもりがあるのかするすると伸びてゆく。

「おっしゃかなー、おっしゃかなー」

蒼矢と朱陽は歌いながら穴を覗きこんだ。

「このあたりは地元の人が多いんですか?」

梓は点々と座っている釣り人を見渡して言った。

「そうだね、近くに休憩所もないし、車で来られる地元の人間が遊びにくるだけだね」

小林さんはステンレスのポットからコーヒーをキャップに注ぐと梓に渡した。

「ありがとうございます」

梓はお礼を言ってコーヒーをすすった。温かな苦みがのどを通って腹に落ちると、思わずふうっとため息がでる。

「ここが釣りスポットになったのも昭和に入ってからでね。それまでは竜が棲《す》むって言われて地元の者も近づかなかったんだよ」

「リュウ!?」

蒼矢がその言葉に反応した。

「りゅういるの?　あおいの!?」

「はは」と小林さんは笑って首を振る。

「そういう伝説があるっていうだけだよ。江戸時代にはこの沼にたくさんいけにえを捧げて雨乞《あまご》いをしたっていう話」

「イケニエ……って?」

蒼矢は首をかしげる。小林さんはにいっといたずらっ子のような笑顔になった。

「若くてきれいな女の人を沼に落とすんだよ。そうしたら竜がその人たちを食べて願いを叶えてくれるんだ」

「たべ、て?」

蒼矢の顔がこわばる。この話題はまずいな、と梓は蒼矢の前に立ち塞《ふさ》がった。

「蒼矢、これはお話だからね。ほんとのことじゃないよ」

「りゅうは、おんなのひとたべないよ!」

だが、蒼矢は梓を押しのけ小林に怒鳴った。

「りゅうはそんなことしないもん、おんなのひときっとおよめちゃんになったんだよ!」

小林さんが梓を見上げる。梓はこっそりとうなずいた。それで察してくれたのか、小林さんはすぐに蒼矢の言葉に同意してくれた。

「う、うん、そうだね。きっと竜は沼に降りてきた女の人たちをお嫁さんにしたんだね」

「そうだよ。みんなでなかよくくらしましたって、おはなしにはいっつもかいてあるもん!」

蒼矢はリールを朱陽に渡すと、氷の上に腹ばいになって穴に顔を近づけた。

「りゅうはそんなことしないもんね。せいぎのみかただもんねー!」

そのとたん、朱陽の持つリールがカラカラと勢いよく回り出す。朱陽は「わ、わ!」とリールを持って飛び跳ねた。

「回して回して！　魚がかかってる！」

小林さんが朱陽の手を支えてリールを回させる。朱陽は「あーい！」と叫んでものすごい勢いで回し始めた。

「おお、こりゃ大量だ」

引き上げた七本の針全部にわかさぎがかかっている。

「えいっ」

朱陽が竿を思い切り持ち上げると、小さな魚たちがキラキラ光りながら青空の中に舞った。

「すごいすごい」

小林さんが手早く針から魚を外してバケツに入れてくれた。

「最初なのにこんなに釣れてすごいね。こりゃあ竜が弁護のお礼をくれたのかな」

「おれい……？」

蒼矢はまた氷の上に膝をついて穴に呼びかける。

「なー、りゅう！　おれもせーりゅーなの。こんどいっしょにあしょぼうねー」

答えはなかったがわかさぎが一匹ぴょんと穴から跳ね上がった。蒼矢はそれを上手にキャッチすると、「へへっ」と小林さんに笑う。

「ねー、りゅういいやつでしょー」

「……そうだね」

小林さんは少し驚いた顔をして、蒼矢の手の中の魚を見た。梓は蒼矢の頭をぐりぐりと撫でると、バケツに最後の魚を入れる。これ以上話していると小林さんに不思議に思われるかもしれない。

「じゃあ僕たちはこれで……よかったね、蒼矢」

「おー！」

梓は小林さんにお礼を言って、バケツを岸に持ち帰った。

その夜のロッジの夕食には、小林さんと朱陽たちの釣ったわかさぎの天ぷらと刺身が出て、みんなが堪能《たんのう》したことは言うまでもない。


「わかしゃぎ、おいしかったねー……」

白花が味を思い出したのか、うっとりと虚空《こくう》を見上げる。

「またたべたいー！」

朱陽もそう叫んで梓の服を引っ張った。

「うーん、じゃあスーパーに行って買ってこようか？」

「だめ！　スーパーのはにせものだもん」

蒼矢が立ち上がって叫ぶ。

「いや、スーパーのだって本物だよ？」

「ちがうの！　あそこでりゅうがくれたんじゃなきゃだめなの！」

多分自分たちで釣っていないものは認められないのだろう。

「あとね……いっぱいゆきだるまちゃん、ちゅくったよ……」

白花がひいふうみいと指を折って数える。

「あじゅさとー、しらぁなとーあーちゃんとーそーちゃんとーげんちゃんのでしょー……」

ロッジの前庭で白花と玄輝がせっせと雪だるまを作っていたことは知っている。

「こーちゃんとひーちゃんと……にしだのおじーちゃんとおばーちゃんと……ゆきのめがみさまもちゅくったの」

「そうだったね」

梓は思い出していた。白花が窓の外を見ながら話していたこと。そうそう、こんなこともあったね……。

雪だるまで遊ぼう

白花と玄輝が雪だるま作りをやめたのは、あたりが薄暗くなってきた頃だった。もっとも梓が「もう入りなさい」と言わなければずっと雪玉を転がしていたかもしれない。しゃがんで雪だるまの顔をいじっていた白花は、不満そうな顔で振り返る。だが、梓が黙って見ているとあきらめた様子で立ち上がった。

なんども雪だるまを数え、手の代わりに刺した小枝を直したり、南天《なんてん》の実の位置を直したりしてようやくロッジへ入った。

「ずいぶん冷たくなっちゃったね。お風呂で温まろう」

梓は白花の頬を両手で包んだ。小さなピンクのほっぺは冷えた桃のようだ。

ロッジのお湯は温泉から引いているということで、少し濁《にご》った色をしている。大浴場まではいかなくても、子供たち四人と大人が一人、入ることができた。

「私も入るぞ、羽鳥梓！」

風呂場に向かうと脱衣所に翡翠が立ちふさがっていた。すでに服を脱ぎ、腰にタオルを巻いている。

「大人が二人入るには少し狭いですよ？」

「ならお前が遠慮すればよかろう」

翡翠は薄い胸をそらせて言った。

「やだー、あじゅさとはいるー！」

朱陽が悲鳴のように叫ぶ。

「なんと、朱陽！　私とは入りたくないのか」

「ひーちゃんとあじゅさといっちょにはいるといいよ！」

「狭いよ……」

梓はぼやいたが朱陽と白花が前と後ろから引っ張ったり押したりするので、仕方なく服を脱いだ。

「おっふろー！　いちばんのりー！」

さっさと服を脱いだ蒼矢がタイルの上を跳ねて湯船に飛び込もうとする。その体を翡翠が腕を伸ばして捕まえた。

「だめだ、蒼矢。公共の湯では、まずはかけ湯だ」

「やだー、はなしてー！」

翡翠は蒼矢を捕まえたまま、湯おけを持って湯船に近づいた。湯に手をいれて温度を確かめてから、お湯をくんで蒼矢にかける。

「あちぃっ！　あっついよ！」

「ちゃんと調整している」

何度かかけてからようやく手を離すと、蒼矢は弾かれたような勢いで湯船に飛び込んだ。

「わっ」

盛大な湯しぶきがあがり、梓も朱陽もびしょ濡れになる。

「そーちゃんのばかっ！」

正面から湯をかぶった朱陽が怒鳴る。蒼矢は「へへーん」と笑いながら窓の方に泳いだ。

「わー、ゆきだー」

少し開いた窓から手を出して雪をすくう。案の定それを投げつけてきた。

「こら、蒼矢！　やめなさい！」

梓が叱ったのと、かけ湯を終えた朱陽が湯に飛び込んだのが同時だった。

「わあっ！」

今度は自分がお湯を浴び、蒼矢が悲鳴をあげる。

「やったなー！」

蒼矢は雪玉を朱陽に投げつけた。だが朱陽は湯の中に潜り、それを避ける。蒼矢の雪玉がどんどんお湯に入って温度をさげていった。

「蒼矢、やめて！　お湯が冷めちゃう」

梓がようやく蒼矢を捕まえると、その腕の中で蒼矢が青龍に変化する。まるで釣りあげられた魚のようにびちびちと身をよじった。

「蒼矢、だめだよ変身しちゃ」

（おふろ、おっきいからこれではいりゅ！）

「だめ！」

重ねて言うとしぶしぶ人間の姿に戻った。

「青龍になったら頭を洗えないでしょう？」

「うろこのなかにおゆがはいるのきもちいいのに」

蒼矢はぶつくさぼやいた。うろこ一枚一枚の間にお湯が入る感覚、というのは梓にはわからない。お湯の中で足の指を開くみたいなものだろうか。

「朱陽も朱雀の姿でお湯に浸かってみたい？」

試しに聞いてみると朱陽は首を横に振る。

「からだおもくなるからやだ」

「そうか」

「しらぁなも……びゃっこでぬれるのやだ」

いつの間にか風呂の隅で足を伸ばしている白花も同意する。

「玄輝は……まあ好きだよね」

玄輝に至っては湯船の底に玄武《げんぶ》の姿で沈んでしまっている。甲羅《こうら》を擦《こす》り洗いした方がいいのだろうか？　と考えながら、梓は玄武を引き上げた。

大人が二人に子供が四人、いっせいに入ると湯船のお湯が大量にあふれる。でも蒼矢がぬるくした分だと思えば流してしまったほうがいいかもしれない。

梓はすぐにあがって先に体を洗うことにした。伸ばした足が子供たちだけでなく翡翠にも触れてしまうのはちょっとだけいやだ。

翡翠は蒼矢を膝に乗せ、気持ちよさそうに特撮メドレーを歌っていた。

梓は白花を呼ぶと頭をわしゃわしゃと洗ってやった。「お湯をかけるよ」と言うと、白花は小さな手で顔を覆う。次はナイロンタオルで石けんを泡立て、背中や腕を優しく洗う。前の方はタオルを手渡すと自分で洗い出した。

その間に朱陽を呼んで、白花に並べて頭を洗う。お湯をかけると朱陽は子犬のように頭をぶるぶると振った。

「あーちゃん、せなか……あらったげる」

自分を洗い終えた白花がナイロンタオルを持ち上げてみせる。

「白花、上手に洗えるかな？」

「だいじょぶ……まかしぇて」

白花は風呂場の床にぺたりと正座すると、朱陽の背中をタオルでぬるぬる撫でる。

「しーちゃん、くしゅぐったい！」

朱陽が甲高い声で笑い出す。力を入れていないのでくすぐったいのだろう。

「やー、やめてー」

笑って身をよじる朱陽を見て、蒼矢が「おれもやるー」と湯船を飛び出した。

「蒼矢、遊んでるんじゃないんだから」

「あけびとしらぁな、あそんでるじゃん」

「蒼矢と玄輝は私が洗ってやろう」

翡翠がざばりとあがってきた。片腕には玄輝を抱えている。

「やだー！　おれがあけびをあらうの！」

「風呂場で遊んではいけない」

「やだー！」

翡翠が蒼矢を押さえつけて頭を洗っている間に、梓は手早く朱陽を洗い、二人を湯船に追いやった。

「やだやだやだー」

洗い場では蒼矢が頭を洗われている。叫ぶわりに逃げ出さないのはシャンプーが目に入ることを怖がっているからだ。玄輝はうとうとしながらも体を石けんで撫でていた。

「そーちゃんうるしゃいねー」

「ねー……」

女の子たちはあごまで湯に浸かり窓の外を見つめる。

「あ、またゆきふってきた」

ガラス窓の外ではちらちらと雪が舞っているのが見える。

「ゆきだるまちゃん、しゃむくない……？」

白花が心配そうに梓を見上げた。

「大丈夫だよ、雪だるまは雪でできてるから、むしろ雪はごはんだしお布団だよ」

「そっかあ……」

白花は湯船から身を乗り出して、窓の隙間から手を差し出した。ひらりひらりと降りてくる綿毛のような雪は、白花の手に落ちる前にすうっと溶けて消えた。


ぽかぽかの体で晩ご飯を食べ、暖炉でお話をして、管理人の藤堂さんに手品を見せてもらって、子供たちは部屋にあがった。

ふかふかのお布団に潜り込み、梓にぽんぽんと首元をたたかれ、子供たちは「おやすみなさーい」と目を閉じる。

梓が部屋の灯りを小さくし、そっとドアを閉めたときには子供たちは昼間の遊び疲れでもう眠りに落ちていた。くーくー、すーすーと小さな寝息だけが聞こえる。

そんな中、白花はふと目を覚ましてしまった。

「あれえ……」

普段白花はいったん寝ると朝まで目覚めない。その代わり、なにがあっても七時には目を覚ます。

「まだよるよねえ……」

白花はベッドから降りた。朱陽も蒼矢も、もちろん玄輝もぐっすりと眠っている。

ふかふかのカーペットの上を歩いてドアをあける。廊下には常夜灯の淡い光が点いていた。

廊下の手すりから下を見下ろしても誰もいない。ロッジの中はしんと静まりかえっていたが、白花は怖いと感じなかった。

ペタペタと裸足《はだし》で廊下を進んで階段を降りる。外で誰かが呼んでいるような気がしたのだ。

入り口のドアに手をかけると自然に外側に開いた。外は真っ白な雪が降り積もり、建物の中より明るく見える。

「ゆきだるまちゃん……」

昼間に作った雪だるまが整然と並んでいる。彼らは雪をかぶって一回り大きくなっているようだ。その新しく積もった雪が、きらきらと月光に輝いていた。

とすん、と軽い音がした。白花が音のしたほうを見ると、小さな雪だるまができていた。

とすん、とすん、と続けて音がする。そこにも雪だるまがいる。

白花は空を見上げた。夜空の中にたくさんの雪だるまがいる。それらがゆっくりと降ってくるのだ。

とすん、とすん、とすん、……どすん。

小さなものばかりでなく、大きな雪だるまも降ってくる。

「わあ……」

見ているうちにロッジの前庭は雪だるまで埋まってしまった。それでもあとからあとから雪だるまが降ってくる。

「しゅごいねー……」

白花はロッジの階段の上に座って世界が雪だるまでいっぱいになるのをいつまでも見ていた。


そんな夢を見た。

翌朝、目覚めた白花は朱陽や蒼矢にその話をした。子供たちはいそいでロッジの外に飛び出した。

そこには雪だるまはいなかったが、新たに降った雪がいっぱいで、子供たちは歓声をあげて雪の中にダイビングし……。

パジャマのままだったのでしっかり梓に叱られてしまった。


「あったねえ、そんなこと」

梓が雪山の思い出に微笑む。

「たのしかったねえ」

「おもしろかった！」

「また……いきたい……」

「ん、……」

子供たちはコタツの中でうなずきあう。

「そうだね、来年また行こうね」

梓は子供たちと約束する。未来の約束をできるのが嬉しい。

楽しいことはもう一度、いつでも、何度でも。
約束して楽しみにしよう。
それを守ることが大人の楽しみなんだから。

参考文献　『新美南吉童話集』より「手袋を買いに」岩波文庫、岩波書店

第二話

神子たち、ひな祭りを楽しむ

マドナちゃんちのひな祭り

「うわーっ、きれーい！」

朱陽《あけび》と白花《しらはな》は目を輝かせ、大声で叫んだ。

彼女たちの前には大きなひな壇《だん》が飾られている。そこには男雛《おびな》に女雛《めびな》、三人官女に五人囃子《ばやし》、右大臣左大臣《うだいじんさだいじん》に三人の仕丁《しちょう》、そして御所車《ごしょぐるま》や小さなお膳《ぜん》、タンスや鏡台までが、きらきらしく揃っていた。

一番下の段には美しく作られた砂糖菓子やひなあられ、スナックなどが置かれている。

「しゅっごいねー！」

ひな壇のそばにはマドナちゃんとセリアちゃんがかわいらしい着物姿で座っている。

「これ、ママのおひなさまなの。ママはばぁばからもらったんだって。だからすっごくむかしむかしのなのよ」

「へえ！」

子供たちが合図をしたかのように一斉に声をあげた。

「ばぁばのこどものころは、みんなこんなかっこしてたんだよ」

「へえー！」

いや、さすがにそれはない、マドナちゃんのおばあさんだってきっと昭和の生まれだ。

子供たちと一緒にマドナちゃんの家に招かれた梓《あずさ》は心の中でそうつっこみをいれる。

今日は三月三日。ひな祭りのお祝いだ。羽鳥《はのとり》家の子供たちのほかに優翔《ゆうしょう》くんやカリンちゃんなど公園のお友達、それからホナミちゃん、レイカちゃん、ミノリくんなど幼稚園のお友達も来ている。

子供たちのほかにそれぞれのママも来ている。いつぞやの誕生日パーティのときのように一品持ち寄りだったので、梓はコーンたっぷりコロッケと、うずらの卵を入れたコロッケを作ってきていた。さすがに料理を作り始めて一年も経てば、レパートリーも増えるし自信もつく。以前のように翡翠《ひすい》や紅玉《こうぎょく》に泣きつくようなことは、今回はなかった。

「ねーねー、このおかしたべれんの？」

蒼矢《そうや》は膝で這って一番下のお菓子に手を出そうとしている。

「まだよ、ごはんたべてあそんでから」

マドナちゃんがピシリと言って、蒼矢の服を引っ張る。

「きょうのごはんはちらしずしよ、そうやちゃん」

「おー、ちらしずし！」

「はんばーぐと、あずさちゃんがつくってくれたころっけと、ユーショーくんママのからあげもあるのよ。そうやちゃん、からあげすきよね」

「すきー！」

「だったらマドナといっしょにもうちょっとおひなさま、みてて」

マドナちゃんが蒼矢をひな壇の前に座らせようとしていると、優翔くんがやってきた。

「そーや！　ミノリくんがアクーセンタイのカードもってきてる！　みせてくれるって！」

「まじかー！」

蒼矢は叫ぶと優翔くんと一緒に駆けだしていった。マドナちゃんが「そうやちゃん！」と叫ぶが振り向きもしない。

「もー、そうやちゃんてば！」

ぷくーっとマドナちゃんのほっぺたが丸くなる。それを見ていた梓は（ごめんね、乙女心がわからない子供で）と心の中で謝った。

玄輝《げんき》はひな壇のそばで人形を見上げている。下から横から、離れて見たり顔を近づけたり、ずいぶんと興味を引かれたらしい。

「げんちゃんはおひなさまがすき？」

それに気づいたマドナちゃんが玄輝に聞くと、こっくりうなずく。

「きれい」

「でしょ、きれいよね」

マドナちゃんは満足そうにうなずいた。梓は玄輝を一番上の段が見える位置まで抱き上げた。

「あれなに？」

「ほら、お内裏《だいり》様とおひな様だよ」

玄輝が指さすのを見てみると、男雛が持っているちいさな木の板だ。

「えっ、あれって……なんだっけ」

なにせひな祭りは女の子のお祝いで、梓の家にはなかったものだ。もっとも鯉《こい》のぼりだって母親が作った折り紙のものしかなかった。

マドナちゃんを見ると彼女も知らないのか首を振っている。

「あれは笏《しゃく》っていうんですよ。正装のときに威儀《いぎ》を正すために持つものだと言われているんですけど、実はメモを貼っていたものとも言われてます」

マドナちゃんのママが近づいてきて教えてくれた。

「へえ、威儀を正す、ねえ」

マドナちゃんママは女雛の手から扇《おうぎ》を取ってくれた。

「ほら、こちらの扇はちゃんと細かい絵も描かれているんですよ」

「ほんとだ。凝ってますね」

扇の両端から美しい六色の紐も垂れている。玄輝は目を見開いてそれに見入った。

「代々娘さんに受け継がれてゆくものなんですか？」

「そうなの。母親が祖母からもらって、その祖母もまた母親からもらって。戦争中はひな人形も疎開《そかい》したらしいですよ」

「戦争中……」

信じられないが日本も戦争をしていたことがあるのだ。それはマドナちゃんの曾祖母《そうそぼ》の時代で、決して遠い過去のことではない。

「マドナたちのために衣装の一部は作り直してくれたんです。ちゃんと西陣《にしじん》で織った衣装なんですよ」

「へえ……」

残念ながら梓は西陣が京都で織られた伝統的な織物であることを知らない。ただ美しく輝く衣装がとても手の込んだものなのだなあと思うばかりだ。

「でも、ひとりいない」

不意に、抱かれていた玄輝が言った。

「え？」

玄輝が下を見たので床の上に下ろす。玄輝はひな壇の三段目を指さした。

「ひとり、いない」

「あ、……」

よく見れば五人囃子が四人しかいない。通常は太鼓《たいこ》、小鼓《こつづみ》、大皮鼓《おおかわつづみ》（絵の描かれていない小鼓）、笛、そして歌を担当する五人のうち、小鼓の少年が欠けていた。

「うん、さいしょからいないよ。ねえ？」

マドナちゃんが答えてママを見上げる。

「ああ、そうなんですよ」

マドナちゃんママは笑いながら言った。

「母がその母から譲り受けたとき、もういなかったんだそうです」

「どうして？」

玄輝が声を重ねた。マドナちゃんママは床の上に膝をついてひな壇を見上げる。

「それを聞いたのは私が子供の頃でねえ……」

なにか感じ取ったのか、マドナちゃんがママのそばに座った。向こうのほうでみんなと遊んでいたセリアちゃんが、それに気づいてよちよちとやってくると、神妙な顔でマドナちゃんの隣に座る。

ママは二人の娘の顔を見て、うなずいた。

「そうね、すてきなお話だからみんなにも聞かせてあげる。ママのママのママ……マドナたちには曾祖母にあたる大おばあちゃまの……子供のときのお話よ」

ママが初めて大おばあちゃまからお話しを聞いたのも、小学校にあがる前のひな祭りのときだったたわ。それから何度もおねだりして聞いていたから、もうすっかり覚えているわ。

大おばあちゃまはね、糸子《いとこ》って名前だったの。そう、大おばあちゃまもちゃんとお名前があるのよ。

その大おばあちゃまが小さな子供だった頃、国は戦争をしていました。アニメみたいにロケットやミサイルを打ち合ったり、ロボットが出てきたりはしないんだけど、飛行機や船を使って遠い国に戦いにいったり、攻撃を受けたりしていたの。

大きな町ほど攻撃はひどくてね、空襲って言うんだけど、空から爆弾がたくさん落ちてくるの。

東京に住んでいた大おばあちゃま――糸子ちゃんは、怪我をしないように田舎に引っ越したの。そういうのを疎開って言います。

でもお父さんは大きな会社の社長さんでお仕事が忙しく、お母さんもそんなお父さんを手伝うために東京へ残ったの。

糸子ちゃんは一人で親戚のおじさんの家にきたのね。そう、小さいのにたった一人で。

糸子は田舎にはなかなか馴染《なじ》めなかった。叔父は地元の名士《めいし》で、家は大きかったがどこか薄暗く、いつも線香の匂いがしていた。使用人も大勢いたが、みな忙しく、都会からきた子供の相手をしてくれるような人はいなかった。

毎朝鶏の大きな声で起こされるし、雪はずっと降っていて寒いし、なにより一緒に遊んでくれる友達が一人もいない。

寂しくて泣き出す糸子のために、叔父は一緒に疎開してきたひな人形を出してくれた。おりしも二月下旬だったのでひな人形を出すにはいい頃合いだった。

糸子はひな人形を使って一人で人形遊びをした。毎日人形の位置を変えたり話しかけたりして遊んでいた。だが、やはり寂しさはぬぐえなかった。

ある日、糸子は家の外を散歩していた。その日は雪が止んで屋根も木々も道もすべてがぴかぴかと光って見えたからだ。

糸子は毛糸のワンピースの上に赤いコート、赤い長靴で雪を踏んで歩いた。ぎゅっぎゅと固い音がした。

そこに田舎の子供たちがやってきた。子供たちはみんな着物やモンペ姿だった。

東京からきたきれいな洋服をきた糸子の姿は、そんな彼らには異質に見えただろう。子供たちは糸子をじろじろ見て、訛《なま》りの強い言葉で話しかけてきた。だが、糸子にはそれは外国の言葉のように聞こえ、返事ができなかった。

それをすかしている、生意気だと思った子供たちは、糸子を罵《のの》り、コートをひっぱったり、髪留めを奪ったりした。

「きれいなべべなんか着て、非国民じゃ！」

「ぜいたくは敵やぞ！」

大声ではやし立てられ、糸子は泣きながら逃げ出した。

けれど子供たちはしつこく追いかけてくる。糸子は追われるままに山の中へ駆け込んだ。

木々の間をすり抜けて雪に足を取られ棘《とげ》でひっかき傷を作りながら逃げ続け、——やがて迷った。

山の中は野鳥の声だけがかまびすしく、深い雪で右も左もわからない。

糸子は見知らぬ山の中でしゃがみこみ、泣き続けた……。


「いとこちゃん、かわいそう！」

マドナが叫ぶ。立ち上がって拳を握った。

「マドナがいたら、そんなこたちゃっつけるのに！」

「そうね、マドナがいたらよかったわね。でも糸子ちゃんには誰もいなかったの」

マドナママは娘の拳を押さえて座らせた。

「かわいそう……」

いつの間にか白花もマドナちゃんの隣にいた。幼稚園のお友達たちも集まっている。

「それで？　いとこちゃんはどうなったの？」

マドナちゃんがママの膝を揺する。マドナママはまたお話を始めた。


糸子が泣いていると、後ろの茂みがガサガサと音をたてた。驚いて立ち上がると、そこには一人の女の子がいた。糸子より少し年上そうな、大柄な少女だった。あちこち汚れて破けた粗末な着物を着ている。頭に蓑《みの》をかぶって、足元は藁靴《わらぐつ》だった。

「……」

女の子は口をぱくぱくさせたが声は出さなかった。またわけのわからない言葉で詰め寄られるのかと思っていた糸子は、それで少しほっとした。

女の子は糸子のそばにくると、一緒にしゃがみこんだ。そして着物のたもとから、きれいな石や真っ赤な木の実、松ぼっくりを出して雪の上に並べた。

糸子は最初無視をしていた。だが女の子は黙ったまま雪をすくってうさぎを作った。南天の赤い実を目にして、ぴょんぴょんと歩かせたりお辞儀《じぎ》をさせたりした。

女の子の動かし方は上手で、糸子にはそれが本物のうさぎのように見えた。

「……かわいい」

思わずそう呟くと、女の子は糸子にもうさぎを作るようにとうながした。糸子は女の子のうさぎを真似てなんとか作ってみた。女の子は右から、糸子は左からぴょんぴょんと跳ねさせて、出会っておじぎをする。

糸子の顔に笑みが戻った。

そうして二人は友達になった。


「よかった！」

今度大きな声を出したのは朱陽だった。

「いとこちゃん、おともだちできたんだね！」

「そうね、その女の子は、明子《あきこ》ちゃんて名前なの」

マドナママは集まってきた子供たちを見回して言った。

「あきこちゃん、ね」

「あきこちゃんはおやまにすんでるの？」

マドナちゃんが聞く。ママはうなずいた。

「明子ちゃんは山の炭焼《すみや》きの娘さんだったの。炭っていうのは昔火を使うために必要だったものよ」

「すみ、しってる！　やきとりやくときつかう」

カリンちゃんが手を上げた。

「うち、おーるでんかだよ！」

マドナちゃんと幼稚園でお友達のホナミちゃんが言う。

「うん、今はガスや電気で便利だけど、当時はまだ炭を使っているおうちもあったのね」

「ふーん？」

「ママがおはなししてるんだから、ちゃんときいて！」

マドナちゃんが他の子を牽制《けんせい》した。ママは苦笑しながらお話を続ける。


明子は村の子供たちと違い、あまりしゃべるほうではなかった。動作もゆっくりだったし、話し方もゆっくりだった。質問されても答えるのに時間がかかった。

だが糸子はそんな明子の間《ま》は気にならなかった。糸子の言うことをちゃんと考えて答えてくれている気がしたのだ。

その日から糸子は山へ行って明子と遊んだ。雪合戦をしたりかまくらを作ったりスキーをしたり。叔父たちは糸子が泣かなくなり、明るくなったことを喜んだ。

ある日叔父は糸子にお友達をおうちに連れていらっしゃいと話した。糸子は喜んで明子を家に誘った。

家にやってきた明子を見て、叔父は苦い顔をした。ほつれ、やぶれ、煤《すす》のついた汚い着物、鈍重《どんじゅう》そうな表情、とかしたこともなさそうなボサボサの髪。

二言三言話して、明子が学校にもいっておらず、山の炭焼きの娘であることを叔父は知った。もそもそとした話し方も叔父の気に入るものではなかった。

糸子はそんな叔父の不快感に気づかず、明子を自分の部屋に連れて行った。そこで明子は初めてひな人形を見たという。

豪華なひな飾りに明子は圧倒された。へたへたと腰を抜かし、呆然と見とれていた。

糸子はひな段から三人官女や五人囃子、男雛と女雛を取り出した。

「あそぼう」

最初明子は人形が汚れるからと遠慮したが、糸子は強引に持たせてしまった。

二人はおひな様で人形遊びをした。とても楽しい時間だった。

明子はひな人形の中で五人囃子の中の一体をとても気に入ったらしい。

「この子、弟に似てる」

明子の弟は去年、風邪で亡くなったのだ。

「いい子、いい子」

明子は小鼓を持つ少年の人形を抱いて頭を撫でた。

やがて明子が帰ったあと、糸子は叔父に叱られた。

「あんな貧乏で知恵足らずの子と遊んではいけない」

糸子はびっくりした。明子は決して知恵が足りないわけではない。山のことは何でも知っているし、草の笛も吹けるし、鳥の鳴き真似《まね》もうまい。ただ話すことが苦手なだけだ。

だが、糸子はそれをうまく伝えることができなかった。

「あんな馬鹿とつきあって、馬鹿がうつったらどうするんだ」

馬鹿がうつる？　うつるってどういうこと？

「あきこちゃんは……おともだちなの」

糸子は精一杯の思いを込めて言った。だが叔父は首を振った。

「口ごたえするんじゃない！」

糸子は大人に叱られたのは初めてだった。東京のお金持ちのお嬢様で、使用人たちはみな優しく、父も母も糸子を叱らなかったのだ。

ここへは一人で来ている。叔父に叱られたら、嫌われたらどうしよう。捨てられてもう両親に会えなくなるかもしれない。

糸子は怖くなった。怖かったから必死で謝った。

「ごめんなさい、もうあきこちゃんとあそびません」


話を聞いていた子供たちはいっせいに騒ぎ出した。

おじさん、ひどい！　やなやつ！　なんでそんなこというの！　かわいそう！

子供たちのわめき声をマドナママは黙って聞いていた。

「……悲しいことだけど、そんなふうに考える大人の人はいるのよ」

ママの言葉に子供たちは黙り込んだ。

「おれ、ゆーしょーとはぜったいあそぶから」

蒼矢が低い声で言った。それに優翔くんも力強くうなずく。

「おれたち、しんゆーだもん！」

蒼矢と優翔くんは腕をクロスさせる。

「しぬときはいっしょだ！」

「いや、死なないで二人とも」

梓は蒼矢と優翔くんを背後から抱きしめる。

「いつまでも仲良くしてね」

「おう！」

それを温かいまなざしで見守り、マドナママはまた話を続けた。

その日から、糸子は山へ行かず、明子とは遊ばなくなった。道で会って、明子がおずおずと笑いかけても下をむいて無視した。

明子が家に遊びにきたと聞いても、外へ出なかった。

窓から明子の丸い背中がとぼとぼと帰るのを見て涙をこぼすだけだった。

そんな日々が続いたある日、叔父の家に大変な連絡が届いた。

東京大空襲《とうきょうだいくうしゅう》。

昭和二〇年三月一〇日〇時。

B二九の大編隊《だいへんたい》が東京上空に襲来《しゅうらい》した。

爆撃機は三八万一三〇〇発の焼夷弾《しょういだん》を火の雨のように空から撒《ま》いた。

東京の人口密集地を狙い非戦闘員である一般市民を建物ごと燃やす。大地は火の海となり、父母が子が姉が弟が老人が孫が犬が猫が鳥すらも燃え上がった。

冷酷で残虐《ざんぎゃく》で確実な灼熱《しゃくねつ》の地獄を作り出したのだ。

――これではもう、東京は壊滅だ。

叔父はそう言った。

「だれも生きてはいないだろう」
だ　れ　も　い　き　て　な　い
では父は、母は、
死んでしまったのか――。
糸子は悲鳴を上げた。泣き叫びながら叔父の家から逃げ出した。
もう両親に会えない、迎えは来ない。東京には戻れない。
わたしはひとりぼっちだ！
糸子は泣きながら雪の残る山へ駆け込んだ。

どのくらい泣いていたのかわからない。あたりは少し暗くなってしまっていた。

帰り道はもうわからない。

それでもいい、と糸子は思った。父も母もいないのなら、自分がここにいる意味は無い。

今すぐ自分も死んでしまいたい――。

そんな糸子の目の前に、いつのまにか明子が立っていた。

「あきこちゃん……」

明子は黙って糸子のそばにしゃがむと、その頭を抱きかかえた。そして何度も何度も撫でてくれた。

明子の分厚い体、暖かな体温に包まれ、あんなに泣いたのにまた涙が出てきた。

「あきこちゃん、おとうさまとおかあさま、しんじゃったかもしれないの」

「……」

「もうおむかえにきてくれないの」

「……」

「あたし、ひとりぼっちになっちゃった」

「……」

明子はなにも答えなかった。ただぎゅうっと抱きしめてくれた。

やがて糸子の涙が収まったとき、明子は糸子の肩を抱き、「おいのりしよう」と言った。

「おいのり？」

「糸子ちゃんのおとうちゃんとおっかちゃんが無事でいますようにって。山の神さんにお願いするんだ」

「おいのりしたら、……きいてくれる？」

「きっと聞いてくれる」

明子はそこいらを走り回っていくつか石を持ってきた。その石の上に糸子が見つけた小枝と木の実を置く。

「東京はあっちの方だ」

明子は山の奥を指さした。二人はそちらの方を向いて、手を組んで頭を垂れた。

「糸子ちゃんのおとうちゃんとおっかちゃんが無事でいますように」

「ぶじでいますように」

今までにこんなに真剣にお祈りしたことはなかった。指を組んでそこにあとがつくまで強く額を押し当て、熱心に祈った。

「こんで大丈夫だ」

明子は大きく笑った。祈りよりもその笑顔に、糸子は救われた思いだった。

「あきこちゃん、……ごめんなさい」

「なんも」

明子は糸子の頭を撫でる。

「ともだちだもん」

糸子の目からまたぽろぽろと涙がこぼれた。

「ごめんなさい、ごめんなさい、あきこちゃん」

「いいから。もういいから」

糸子は明子の胸に顔をうずめて泣いた。その涙は今までの悲しみとは違う涙だった。

「あきこちゃんよかったー」

「いとこちゃんもよかったねー」

子供たちはまるで彼女たちが自分の友達のように喜んだ。もしかしたら自分たちに投影《とうえい》していたのかもしれない。

「おやまのかみさま、おねがいきいてくれた？」

マドナちゃんはそこが気になっているらしい。ママはにっこり笑うと、

「ええ、糸子ちゃんのパパとママは無事だったの。おうちは焼けてしまったけど、ちゃんと連絡があったのよ」

「うわー、よかったー！」

子供たちは大喜びだ。

「おやまのかみさま、すげえー」

「ぐっじょぶじゃん！」

蒼矢と優翔くんは手を取り合って変なダンスを踊り始める。

「そのあと半年くらいして、やっと戦争も終わって、糸子ちゃんは東京へ帰ることになったの。そのとき、糸子ちゃんは五人囃子の一人、明子ちゃんが弟に似てると言った人形をあげたのよ。いつかまた会いましょうって。それでそのときから五人囃子は一人欠けてしまっているの」

マドナママはひな壇から五人囃子の一人を取り上げた。

「じゃあ、ごにんばやしのこはあきこちゃんとこにいるのね」

マドナちゃんはママから五人囃子を受け取る。

「そうね。きっと大事にしてくれていると思うわ。大おばあちゃまからひな人形をもらったおばあちゃまもママも、その話を聞いていたから五人囃子をもう一人足そうとは思わなかったの。だって、」

「あきこちゃんとこにちゃんといるから！」

子供たちが口々に言う。マドナママはにっこりした。

「そうです。これでママのお話はおしまい。さあ、みんな、テーブルでごはんを食べましょう」

ママはパンパンと手を叩いた。子供たちは歓声をあげ、リビングに駆け込んでゆく。

「あの」

梓は気になったことを聞いた。

「大おばあさまは、今は……」

マドナママはちょっと眉を下げて悲し気な笑みを作った。

「今は病院に入院しているの。二年前まではうちで一緒に暮らしていたんだけど、認知症がひどくなって施設へ……。それから転んで骨折してしまってね、病院に入ったの」

「そうなんですか」

「時々お見舞いに行ってますけど、今はもう私のことも娘たちのこともわからないみたい」

マドナママはゆるく首を振った。

「お辛《つら》いですね」

「そうですね。でも私はこの話を娘たちにずっと伝えていくことが大おばあちゃまの望みだと思っているの。こうやって話が受け継がれている間は曾祖母は——糸子ちゃんは生きているから」

マドナママはそう言うとテーブルへ向かおうとした。そのとき、ピンポンとインターフォンの音が室内に響いた。

「あら、なにかしら」

ママはリビングに行く足を玄関に向けた。

「お届けものです」

宅配便の男性はママに小さな箱を渡した。宛先は先ほどまで話していた曾祖母宛だ。二年前までこの住所だったので、届いても不思議はないが……。

「もしかして大おばあちゃまが通販したものかしら」

曾祖母は時折サプリメントや健康グッズなどを買っていた。もしかしたらその類《たぐ》いかもしれない。

あとで開けてみよう、とマドナママは箱を持ってリビングに戻った。

楽しいひな祭りパーティは午後三時にはお開きとなった。このあと、みんなで公園へ行って遊ぼうということになっており、子供たちは大騒ぎでジャケットやコートを着込んでいる。三月はまだ空気が冷たく、ママさんたちは、冬服の衣替えのタイミングを計っているところだ。

「今日はごちそうさまでした」

「ちらし寿司、おいしかったわ」

「中島《なかじま》さんの唐揚げはやっぱり最高よね」

玄関でママさんたちは何度も頭を下げ合っている。そんな中で、マドナママのスマホが音を立てた。

「ちょっとごめんなさい」

ママはスマホの画面に表示された発信先を見て、顔色を変えた。

「もしもし?」

受け答えしているママの表情が険しくなっていく。

「……大変」

スマホを切って、マドナママはほかのママたちに向き直った。

「ごめんなさい、入院している曾祖母の容態が悪いみたい。娘たちを連れて病院へ行くわ」

「それは大変！」

「ええ、ええ、気にしないで行ってちょうだい」

ママたちは自分たちの子供を連れ、急いでマドナちゃんの家を出た。もちろん梓も子供たちを外へ出す。

「さあ、みんな。公園へ行こう」

「マドナちゃんは？」

「マドナちゃんたちは今は来られないよ。また今度遊ぼうね」

朱陽や白花は閉まったドアを心配そうに見た。

マドナママはタクシーを捕まえると、曾祖母の糸子が入院している病院へ向かった。人の大勢いるロビーを通り過ぎ、エレベーターで入院病棟へ向かう。

「ママ……」

途中で何度かマドナちゃんが声をかけたが、ママは「大丈夫、大丈夫よ」と娘を見ずに答えるだけだった。

病室へ入ると医者や看護師が曾祖母の枕元に立っていた。血圧や心臓の動きを知らせるデジタルの光が薄暗い病室の中で輝いている。

「大おばあちゃま！」

マドナママは娘たちの手を引いてベッドに近づいた。

「私よ、マドナとセリアもいるわ」

ママはセリアちゃんの手をぐいっと引いて曾祖母の顔の近くに寄せた。そして驚いた。

手をつないでいたのは羽鳥家の玄輝だったのだ。

「えっ⁉」

玄輝は何も言わず、曾祖母、糸子の枕元に顔を寄せた。

「どうして玄輝ちゃんが……まさかあのとき間違えて連れてきたの⁉」

そのとき、糸子が目を開けて玄輝を見た。

「……あきこちゃん、きてくれたの」

はっと糸子の顔を見ると、まるで童女のように笑っている。そしてそこには玄輝はおらず、五人囃子の一体がベッドの上に乗っていた。

「な、なんで人形？　玄輝ちゃんは？」

「ママ、ずっとおにんぎょうもってたよ？」

マドナちゃんが不思議そうに言う。

その五人囃子は小鼓を持っていた。マドナママの見たことのない楽器。今までいなかった五人囃子の一体。

「どうして……」

糸子は目を細め、人形を見ていたが、やがてそのまぶたがゆっくりと降りた。

「大おばあちゃま！」

マドナママの声に一瞬だけまぶたが動いたが、医者は冷静に臨終《りんじゅう》を告げ、動いていたデジタルの光はどれも一本の線になった。


病院で手続きを終えたあと、マドナママは重い足取りで帰宅した。親戚たちには病院からスマホで連絡した。葬式の手配もお金を積み立てていた葬儀社《そうぎしゃ》がすべて段取りしてくれる。パパも今日はすぐに帰ると言ってくれた。

玄関に入ると、そこに放り出された段ボール箱があった。

それは昼間受け取った宅配便だ。

（私、これいつ開けたのかしら……）

受け取った記憶はあるが、開けた記憶がない。

箱の中を見ると手紙が入っていた。

「これ……」

それは見知らぬ土地の見知らぬ人からの便りだった。

『この五人囃子は祖母の明子が子供の頃に糸子さまに譲っていただき、亡くなるまで大切にしていたものです。先日偶然糸子さまの所在を知り、ご返却しようと……』

マドナママは持っていたビニール袋から、小鼓を持つ少年を取り出した。

「戻ってきてくれたのね」

もしかしたら人形は自分で箱を開け、自分の足で病院までついてきたのかもしれない。玄輝ちゃんの姿を借りて。

「まさかね」

マドナも言っていたではないか、ずっと私が持っていたと。きっとみなさんが帰るとき、バタバタした中で箱を開けて、そのまま手にしていたんだわ。

マドナママは人形を持ってひな壇を飾っている部屋に入った。三段目に人形を置く。五人囃子が全員揃った。

そのとき雅《みやび》な楽《がく》の音が部屋の中に響き渡った。

マドナママは驚いてひな段を見上げた。

薄暗い部屋の中だったのに、青々とした山が目の前に浮かび、そこを駆けてゆく二人の女の子の姿が見えた。

公園で白花と一緒に砂場で山を作っていた玄輝は、立ち上がると空を見上げた。西の方が淡く黄昏《たそが》れている。

玄輝は右手を挙げてバイバイと振った。

タカマガハラのひな祭り

「マドナちゃんのおひなさま、きれいだったねえ」

「だったねえ……」

「おかしもいっぱいでよかったね！」

「よかったねえ……」

公園の砂場で遊んでいる朱陽と白花がそんな話をしている。

そばに立って見守っている梓は少し後悔していた。

(やっぱり小さくてもおひな様を用意してあげればよかった)

去年は子供たちが孵《かえ》ったばかりでどたばたしているうちに桃の節句《せっく》は過ぎてしまったのだ。今年はちゃんとわかっていたのに、日々に追われてこの日まで来てしまった。

「ごめんね、朱陽、白花」

思わず声をかけると二人がこちらに振り向いた。

「なーに？」

「あじゅさ、なあに……？」

「えっと、ひな祭りのひな人形が――」

「マドナちゃんとこのひなにんぎょう、きれいだった――」

言いかけたところで朱陽が立ち上がって叫ぶ。

「おだいりさーまとおひなさま、ふーたりならんですましがおー」

いきなり歌い出し、「あれっ」と梓に首をかしげてみせる。

「ねーねー、あじゅさー。すましがおってなーにー？」

問われて梓が慌てる。

「え？　えっと……おすましってるかおのことなんだけど……あれ？　おすましってどういうことだろう」

「きーんのびょうぶにうつるひをー……」

答えられないうちに白花が三番目を歌い出した。

「かすかにゆーするはるのかぜ……！」

朱陽は白花に声を合わせる。砂場で大きな声で歌う二人に、公園に来ている大人たちはみんな笑顔になった。

おひな様の歌は「灯《あか》りをつけましょぼんぼりに」から始まる一番と「お内裏様とおひな様」から始まる二番は有名だが、三番は梓も今日まで知らなかった。

金の屏風《びょうぶ》に映る日をかすかに揺する春の風、というサトウハチローの歌詞は、情景を表わす美しい日本語だと思う。

「上手だね、朱陽も白花も」

梓は手をパチパチ叩いた。朱陽と白花が顔を見合わせて笑う。

「今年は間に合わないけど、来年はおひな様用意するね」

「おひなさま?」

「そう、朱陽と白花のおひな様」

「今年に間に合わないなんてことはないぞ、羽鳥梓!」

突然背後から大声がかけられた。見ると蒼矢と玄輝を抱きかかえた二人の精霊が満面の笑みで立っている。

「あ、ひーちゃんとこーちゃん!」

朱陽が叫んで翡翠《ひすい》の足にぶつかりにいく。

「間に合わないことがないって、まさか翡翠さんたちが用意してくれたんですか?」

梓はおそるおそる聞いた。それに紅玉《こうぎょく》が嬉しそうに首を振り、

「僕らじゃないよ。実は、タカマガハラが子供たちのために今から準備をするって」

「ええっ! タ、タカマガハラが?」

「そうだ。それで私たちが迎えにきたのだ。さあ行こう、子供たち!」

「い、いや、ちょっと待ってください、こんな公衆の面前で……！」

梓が叫ぶより先に目の前の風景がぼやけ、次に息をついたときには白い玉砂利《たまじゃり》を敷き詰めた天上の国に来ていた。

「さあ、着いたぞ！」

「……こんな強引な！　公園で誰かに見られていたら……」

広々とした白い広場では大声を出すのもはばかられ、梓は小声で文句を言った。

「大丈夫や、梓ちゃん。たぶん誰もが目を離したその一瞬、ってことになっとるから」

「そうだ。それが神の奇跡！」

決め台詞みたいに言うが、どのみち人の意志を無視した行動には違いない。

「タッカマッガハラだー！」

翡翠の腕から降りた蒼矢が白い小石を蹴散らして走り出す。かなり走ってから、もういちど全力で戻ってきた。

「あじゅさ、なんかくるよ！」

蒼矢の言うとおり、青い空の方から五色の雲がたなびきながら降りてきた。雲に色がついていたのは、そこに乗っている人たちがさまざまな色彩の着物を着ていたからだ。

「わあ！　きれい！」

朱陽が飛び上がって手を叩く。

赤や黄色、緑に桃色、空色紫色だいだい色……。花園の花もかくやと言わんばかりの多彩な色彩の着物をまとった男性や女性が、雲の上で優雅に踊りながら近づいてくる。

「しゅごい、……ねえ」

白花も息をつめるようにして空の舞踏を見つめていた。

「よく来た、子供たち」

深く豊かな声が響き、目の前が光ったかと思うと、そこにアマテラスが立っていた。今日は白い衣に薄紅の領巾《ひれ》をまとった正装だ。

「アマテラスのおば……」

とっさに蒼矢の口を塞いだのは梓のファインプレーと言っていい。アマテラスはじろりとこちらを見たが、すぐににっこりと相好を崩す。

「今日はタカマガハラでもひな祭りを行おうと思ってな。多少強引だったが準備ができたので来てもらったのだ」

アマテラスは子供たちに近づくと四つの頭をじゅんぐりに撫でた。

「わざわざありがとうございます」

「なに、どうせタカマガハラは暇なものだ。こういうイベントは積極的に参加させてもらいたい。半分は自分たちの楽しみのためさ」

アマテラスはそう言うと高らかに笑った。確かに海だ、クリスマスだ、初めてのお使いだと、なんのかんのとタカマガハラは絡んでくる。

「梓くん、久しぶり」

ウィーンと静かな音をたてながら、クエビコも電動車椅子でやってきた。驚いたことに立って乗っている。

「わー！　クエビコのおじちゃん、なにこれなにこれー」

子供たちがクエビコの新しい車椅子――移動用の乗り物に飛びついた。

「クエビコさん、ご無沙汰《ぶさた》してます。車椅子、変えたんですか？」

「うん、最近メジャーになりつつあるんやけど、立位《りつい》車椅子って言うんや。普通の車椅子って座ってばかりやろ？　そうすると体に負担がかかんがやちゃ。それでこんなふうに体を起こしてリハビリにも使おうっていう……」

クエビコは車椅子を立たせたり座らせたりしてみせてくれた。子供たちが目を輝かせてその機械を見ている。

「かっこいいーねー！」

「そやろ？　優れた技術はデザインも優れとるんや」

地上のことはなんでも知っているクエビコは、新しい技術もすぐに取り入れる。

「空中を飛び回れるジェットスーツやドローンを使った移動技術……地上の技術の進歩はすさまじいね」

クエビコは楽しそうだ。技術の進歩が人々の幸せのために使われることが彼の一番の願いだと、前に聞いたことがある。

「さあ、子供たち、こちらへこい」

いつまでもクエビコにまとわりついて離れようとしない子供たちに、アマテラスが少しばかり不満そうな口ぶりで言った。タカマガハラの最高権力者というだけでは子供たちの気は引けない。

「おまえたちも着替えるのだ」

そう言って手にした領巾を振ると、子供たちの姿が変わった。たっぷりとしたたもとに色鮮やかな被布《ひふ》を重ね、それぞれを象徴する色の領巾もふわふわとまといつく。久々の四神の正装だ。

「おー」

桃の節句というためか、みんな髪に桃の花を飾っている。

子供たちは自分たちの姿に嬉しそうに回ったり飛び跳ねたりした。

「あじゅさ、どお?」

朱陽がポーズをとる。体を斜めにし、両手を顔まで上げてVサイン。あざといが、まんまと可愛い。

「うん、かわいいよ!　みんな」

梓の背後では翡翠がカメラを抱えて転げ回っていた。

「あああ、なんとかわいいのだ子供たち！　連写に連写を重ねても、どの一瞬もかわいすぎるぞ！」

「それ、写真じゃなくて動画になっとらんか？」

紅玉があきれた声をあげ、翡翠をひっぱりあげる。

「さあ、タカマガハラのひな祭りを始めよう」

アマテラスが言うと、雲に乗っていた人々がいっせいに正面の山へ向かった。

彼らは青々とした山の上に集まり、それから下へ向かって滑ってゆく。するとその動きにあわせて緑の山が緋毛氈《ひもうせん》をかけられたように赤く染まっていった。

「まずはひな壇」

アマテラスは満足げにうなずいた。

「つぎに三人官女だ」

赤くなった山の中央にふわりふわりと女神たちが集まってゆく。

「さ、三人どころじゃないですね」

「うむ。三人官女の候補が多くてな、選びきれなんだ」

梓も見知っているコノハナサクヤ、アメノウズメ、ベンザイテンにキシモジン、タカオカミもいる。ほかにも何人もが豪華な着物の裾を引きながら、赤い山の中腹に座る。

「続いて五人囃子」

こちらも大勢の男神が押し寄せる。それぞれ楽器を持ち、座ると同時に奏《かな》で始めた。

「わあ、にぎやかですね」

「この日のために練習したのだぞ」

五人囃子の楽器は太鼓の他は横笛だけだが、山にいる神々の楽器はギターやバイオリン、トランペットにオーボエ、シンセサイザーとさまざまだ。それらが奏でる音が空いっぱいに響き渡った。

「あ……」

その男神の中にクラオカミがいる。一年前、自分の弱さを叱った神だ。一瞬目が合った気がしたが、すぐにそっぽを向かれた。

ちらっと三人官女の中のタカオカミの方を見ると、苦笑しながらうなずいていた。

右大臣の席にはワダツミ、左大臣の席にはフツヌシ。仕丁の席にもたくさんの神々が競うように座った。

「おひなさまとおだいりさまはー?」

蒼矢が山のてっぺんを見て言う。そこはまだ誰も座っていなかった。

「うむ、当然おひな様はわたくしであろう」

アマテラスの姿が雛人形の衣装の十二単《じゅうにひとえ》に替わってゆく。

「実はお内裏様の役目にツクヨミをひっぱりだそうとしたのだがな、ヨモツヒラサカにまで逃げられてしまった。まったくあやつは……」

アマテラスが文句を言い出すと、その背後にどすんと飛び降りたのはスサノオだ。

「そこで俺さまの出番というわけだ。内裏雛《だいりびな》のようにかわいくはないが、まあ許せ」

そう言うと、神衣に毛皮という格好が、たちまち黒い束帯《そくたい》姿へと変わる。乱れ放題の髪はきちんとまとめられていたが、顎に生える固いひげはそのままだった。

「スシャノーキング、かっこいい！」

蒼矢がぴょーんと飛び上がり、束帯をまとったスサノオの肩にしがみつく。

「おお、そうか、かっこいいか」

「うん！　ちゃんとしたひとにみえるよ！」

「うう……このやろう……」

スサノオがどう反応していいのかわからない、という顔になった。梓は青くなり「蒼矢！　戻っておいで！」とあわてふためく。

「気にするな、羽鳥梓。子供は正直だ」

アマテラスが笑う。二人はふわりと飛び上がると赤い山のてっぺんに座った。そのとたん、山全体がぱあっと明るくなる。ぼんぼり……ではなく、神々自体が光っているのだ。楽の音がいっそう大きくなる。三人官女役の女神たちは声をあわせて歌い出した。

「灯りをつけましょぼんぼりに……」

「お花をあげましょ桃の花……」

それを聞いた子供たちも声をあわせた。

「ごーにんばやしんのふえたいこぉ」

梓も翡翠も紅玉も歌う。

「今日は楽しいひな祭りー……」

空から桃の花がひらひらと降ってくる。子供たちは朱雀《すざく》に青龍《せいりゅう》、白虎《びゃっこ》に玄武《げんぶ》へと変化すると、空へ飛び上がった。


「きものをきかえておびしめて」

朱雀が翼を広げて歌う。

「きょうはわたしもはれすがた」

白虎がくるくると回ってあとを続けた。

「はるのやよいのこのよきひ」

青龍が声を張り上げる。

「なによりうれしいひなまつり」

玄武の声が静かに響いた。

もう一度繰り返し歌う子供たちの声が聞こえる。晴れやかで伸びやかで楽しげで、思わず笑い出したくなるような幸せな声。

（本当に『佳《よ》き日』だ）

梓は首が痛くなるほどに空を仰ぎ、子供たちの姿を目で追った。

ずっとずっと、子供たちが幸せに暮らしていけますように。

光に包まれ、花に囲まれ、笑顔で過ごせますように。

歌声は続き、子供たちの笑い声もずっと響いていた。


「あー、おもしろかったー」

神衣から普段着に戻った子供たちは、たくさんのお菓子を抱えて満足そうに笑った。

「ひなまつり、まいにちでもいいな」

蒼矢はひなあられを口いっぱいにほおばり、頬にもくっつけている。

「毎日はどうかな。普段があるから今日が楽しいってことだってあるよ？」

梓が言うと蒼矢は「ふーん」とわかってなさそうに気のない返事をする。

「アマテラシュさまのおひなさま……きれいだったけど、もうなくなっちゃったね……」

白花が緑に戻った山を見ながらつぶやく。

「とっとければいいのに」

「そうか？　嬉しいことを言ってくれるな、白花」

神衣ではなくパンツスーツになっているアマテラスが、白花のつややかな黒髪を撫でる。

「しかしこれで案外わたくしも忙しいからな。ずっとひな人形はやってられんのだ。すまないな」

「うー……」

白花は不満げにうめく。好きなものはとっておきたい、飾っておきたいというマニアの性《さが》が疼くのだろう。

「白花、大丈夫だ！　そんなこともあろうかと」

翡翠がぱっと現れてどこぞのアニメの技師長のような台詞を叫ぶ。

「実はここに玉 祖 命《たまのおやのみこと》さまをお呼びしておいた！」

じゃーんと口で言いながら、翡翠が紹介したのはスラリとした眼鏡の男性だった。神さまではあるが、スーツではなく、白っぽい作業着を着ている。長い髪を頭頂で結び、さらりと背中に流していた。

「おお、タマノオヤノミコト」

「お久しぶりです、アマテラスさま」

男性は穏やかそうな笑顔でアマテラスに挨拶した。

「タマノオヤノミコトしゃま……？」

白花が首をかしげると、タマノオヤは細い腰を折って「こんにちは」と挨拶した。

「こにちわー！」

朱陽が飛び出して叫ぶ。

「こんちわー！」

蒼矢も負けじと大声を出した。

「はじめまして……」

白花はぺこりと頭を下げ、玄輝は無言で顎を引いた。

「僕はタマノオヤノミコト。三種の神器の一つ『八尺瓊勾玉《やさかにのまがたま》』を作った玉造部《たまつくりべ》の祖神《そしん》だよ。古くは勾玉や宝石の神として祀《まつ》られていたんだけど、最近はガラス技術関係ならなんでもござれ、だね。眼鏡や顕微鏡、カメラのレンズなどの守護も請け負ってるよ」

そう言ってタマノオヤはポケットから丸いガラスの玉を取り出した。それはタマノオヤの手の中でみるみる大きくなって、小玉スイカくらいになる。

「そういうわけでこんなスノードームのようなものも僕の守備範囲。この中に今日のひな祭りの一部始終が入ってて、好きな場所や時間を見ることができるよ」

タマノオヤの手の中の玉には桃の花びらが雪のように舞い上がっている。その中に今日ひな人形になってくれた神々が一柱ずつ映し出された。

「わあ……！」

　白花はそれを両手で受け取ると光にかざす。

「アマテラシュさま、みれる？」

　そう言ったとたん、女雛の扮装《ふんそう》をしたアマテラスが片手で杯を持ち、ぐいぐいと酒を飲んでいるところが映っていた。

「タマノオヤしゃま、ありがとう……！」

「お、おい、今のシーンはカットしろ」

　それを見てしまったアマテラスがあわてて玉を取り上げようとするが、白花はおなかに抱え込んでしまう。

「やー、これ、たからものにするの……」

「そ、それはいいのだが、今のシーンだけは……」

「今日はずっと撮影してますよ、と最初に申し上げましたよね？」

　タマノオヤがにやにやしている。アマテラスは「ううう」とうなると、子供のように足をバタバタと踏みならした。

「ら、来年はっ、来年ひな祭りを行ったら差し替えろよ！」

「今年の子供たちの記録はとっておかなくてもいいと？」

「そ、それは……」

クエビコの電動車椅子がすーっと近づいてくると、ぽんぽんとアマテラスの肩を叩く。

「あきらめっちゃ。子供たちがほれ、あんなに喜んどるし」

視線の先では子供たちが玉をのぞき込み笑っている。梓もアマテラスに視線を向け、笑ってうなずいた。

「くうっ、しかたがない……！」

アマテラスは諦めたらしく、肩を落とす。

「では子供たち、地上に戻してやろう」

アマテラスが手をあげようとしたとき、子供たちがいっせいに女神に駆け寄ってきた。

「きょうはありがとー！」

「アマテラシュのおばちゃん、あいがと！」

「たのしかった……！」

「……ありがと」

四人は口々に言うとアマテラスに抱きつく。アマテラスは一瞬呆然とし、次にはしゃがみこんで子供たちを抱きしめた。

「こちらこそ……っ、ありがとうだ、子供たち！　よく育ってくれた。いい子になってくれた……」

子供たちは照れくさそうに笑いながらアマテラスに手を振る。やがてその姿はタカマガハラから消えた。

「いい子たちになりましたね」

クエビコがささやく。

「うむ、まったくだ」

アマテラスは濃いまつげのなかにチラリと涙を見せながらうなずいた。

「……だが、わたくしをおばちゃんと呼ぶのはやめさせたいな……」


来たときと同じ公園に戻ってきた。ずいぶん長い間タカマガハラにいたはずなのに、日差しの感じが変わっていなかったので、現実では時間は動いていなかったのかもしれない。

「今日は楽しかったです」

梓は翡翠と紅玉にお礼を言った。

「人の身でありながらあんなすばらしい体験ができるなんて、俺はほんとうに幸せです」

「まったくだな、我が身の幸運に感謝するがいい」

翡翠がふんぞり返っていうと、紅玉が背後からその頭を叩いた。

「梓ちゃんが心正しく強く優しい人の子だから、子供たちがいい子に育つんや。そこんとこは誇ってええよ」

「あはは、なかなか自覚はできないですけどね」

梓は公園の友達のところへ走り出していく子供たちを見送ってつぶやいた。

「子供たちが俺を好きだって思ってくれている、そこだけは誇ることができますよ」

「あじゅさー！」

朱陽が振り向いて呼ぶ。

「あじゅさ！」

蒼矢が大きく手を振る。

「あじゅさ……」

白花が負けないようにがんばって大きな声を出す。

「あじゅさ」

玄輝が一言放ってベンチに横になる。

「いまいくよー」

梓は子供たちに手を振ると、笑顔の中に歩き出した。


作中使用の歌「うれしいひなまつり」作詞　山野三郎（サトウハチロー）

第三話

神子とホワイトデー

序

「よし、時は来たれり！」

羽鳥《はのとり》家のキッチンの真ん中に、昭和の少女漫画に出てくる美形キャラのような長髪の男が立っている。

そのそばには眼鏡にスーツの翡翠《ひすい》が割烹着《かっぽうぎ》をつけているし、玄輝《げんき》と蒼矢《そうや》も小さなエプロンをつけて立っていた。

長髪美形はバサリと黒髪を払い、魅惑的な笑みを浮かべる。

しかし、いかに美麗な姿だとしても、本性は口が悪くてわがままでミミズ好きの鶏だということを梓《あずさ》は知っていた。

「これから一世一代のほわいとでーすぺしゃるくっきーを作るのだ。みなのもの、用意はいいか！」

「おーっ！」

翡翠と蒼矢が応えて拳を振り上げる。玄輝はどうにかしてくれ、という目つきでキッチンのドア近くで立ち尽くしている梓を振り返った。しかし梓にしてみても、どうすればいいのだと頭を抱えたい。

そもそも今日がホワイトデーだということに気づいたのも、つい先ほどで、なんの準備もしていない……と言いたいところだが。

実はテーブルの上には小麦粉（ちゃんとクッキー用に薄力粉《はくりきこ》になっている）に砂糖、バター、ミルク、三色のチョコペースト、ベーキングパウダー、アンゼリカ、アラザン、ドレンチェリー、ココアパウダー、ナッツ類、バニラエッセンス、レモンピール、ジャム類、クッキングシートや麺棒、クッキー型、絞り口、泡だて器にゴムべらなど、材料と道具だけはきちんと揃えてある。

（伴羽《ともは》さんに翡翠さんに蒼矢……玄輝は冷静っぽいけど……このメンバーでホワイトデーのクッキー作り？　いやな予感しかしない）

どうしてこんなときに紅玉《こうぎょく》さんがいないんだ。いつも伴羽さんを止めてくれる呉羽《くれは》さんには内緒だから仕方ないけど、俺一人でこのメンバーを制御するのは無理だ！

困ったときの神頼み、とばかりに梓は天井を仰ぎ、遠い空の彼方《かなた》のタカマガハラに祈りを送った。

（どなたか助けてください、お願いします――――！）

一

今朝のことだ。

玄関の郵便受けに届いたものを取りに行くと、いろいろな請求書やチラシにまじって薄いレターパックが入っていた。

宛先は『羽鳥白花《しらはな》さま』となっている。

え？　と思って差出人を見ると、『本木《もとき》貴志《たかし》』と記されていた。

「白花！　白花！」

思わず廊下を駆け出してしまう。

居間に飛び込むと、白花はコタツに入って絵本を読んでいた。その向かい側では玄輝が寝ている。朱陽《あけび》と蒼矢は翡翠と公園へ行っていて留守だった。

「白花、お手紙が来たよ！」

「おてまみ？」

白花が絵本から顔を上げ、首をかしげる。

「そう。本木貴志くんからだよ」

そう言ったとたん、白花の髪が広がりパチパチッと火花が散った。

「し、白花、だめだよ。落ち着いて！　電気消さないと手紙見せられないよ」

梓が叫ぶと白花は一度目を閉じ、すうはあと呼吸を繰り返した。火花は消え去り、広がっていた髪がさらりと元に戻る。

「も、だいじょぶ……」

白花は胸に片手を当てて、もう一度大きく息を吐き出した。

「わかった。じゃあレターパック開けるね」

梓は白花の隣に座ってレターパックを開けた。中からは花柄の紙に包まれた薄いものが出てくる。

「おてまみだ！」

白花が叫んだ。包みの上に猫の形の付箋《ふせん》がついていて、それにサインペンで「しらはなちゃん。バレンタインありがとう。もときたかし」と書かれている。

「そうか、今日はホワイトデーだ、これ、バレンタインのお返しだよ。貴志くんからのプレゼントだよ」

「ほあいとでー？」

白花は猫型の付箋を両手で受け取り、祈るような姿で梓を見ている。

「そう。バレンタインは女の子が好きな男の子にチョコを贈る日だったろ？　ホワイトデーはチョコをもらった男の子がありがとうってお返しする日なんだ」

……合っていただろうか？　経験がないので自信がない。

「この包み、開けてもいい？　白花」

「……やぶっちゃやーよ」

白花が心配そうに囁く。

「大丈夫。そっとするから」

この場に朱陽や蒼矢がいなくてよかったと思う。二人がいたら横から手を出されてぐちゃぐちゃになるところだった。

そうなったら白花の怒りが天を裂き、地に光の花が炸裂していたことだろう。

梓は留められているシールをそっとはがし、慎重な手つきで包装紙をはがした。すると中から透明な袋に入った薄いクッキーが出てきた。

クッキーにはチョコで絵が描かれている。童話の一シーンのようなかわいらしい森と家の絵だ。うさぎと女の子も描かれていた。

「……かわいい！」

白花に渡すと両手で持ってまじまじと見つめる。

「これ、たかしちゃん、ちゅくったのかな」

「いや、買ったものだと思うよ。でもこのお手紙は貴志くんの自筆《じひつ》だね」

「じひちゅ？」

白花が両手を開いて付箋の文字を見る。

「自分で書いたってこと。貴志くん人気者だからたくさんチョコをもらったと思うけど、みんなに一人ずつお返事してるなんて、えらいね」

「うん！　えらい！　たかしちゃん、すてき！　かっこいい……！」

白花は付箋とクッキーに頬ずりした。

付箋を見せてもらうと、白花が読めるようにちゃんとひらがなとカタカナで書かれている。字も丁寧で、彼の誠実さが伝わってきた。

「よかったね、白花。あとでおいしくいただこうね」

そう言うと白花はぎょっと目を見開いた。

「たべないの！　たかしちゃんからのプレゼントだよ！」

「いや、でも、クッキーだからね。ちゃんと食べてあげなきゃ」

「だめっ！　とっとくの！」

白花の黒髪がきれいな輪を描く。

「白花、クッキーは食べないとだめになっちゃうよ。カビがはえて傷んでしまう。そうしたらクッキーかわいそうだよ。貴志くんだって白花に食べてほしいってくれたんだから」

「うー……」

白花は目に涙をにじませた。

「とっとけないの……？」

「うん。とっとけないね」

「たべたらなくなっちゃう……」

「大丈夫。また来年もあるよ」

「らいねん……」

白花はきっと顔をあげた。

「らいねんは、しらぁな、ほんとのチョコあげる……！」

今年のバレンタインには白花はチョコレートの絵を描いて送っている。それが悔しかったのだろう。

「そうだね。だから今年はこのクッキーを食べて、おいしかった、ありがとうってお手紙書こうね」

「うん……」

白花はクッキーを見つめた。今、彼女はなにものにも代えがたい宝物を抱いているのだ。

それは賞味という期限付きのものだが。

「しらぁな、くっきーのえ、かく」

白花はクッキーを持ったまま、子供たちが寝る部屋に駆け込んだ。そこには四つの箱があって、それぞれに子供たちの大事なものがしまってある。

白花はそこからお絵かき帳とクレヨンを持ち出した。

「まいにち、ちょっとずつたべて、ちょっとずつおえかきする」

白花はコタツの上にお絵かき帳を広げると、その上にクッキーを置いた。そして黄色のクレヨンで、クッキーを縁取る。

「しらぁな、しんけんにかくから、しーっょ」

梓を見上げて宣言する。梓は「わかった」と答えて絵を描く白花をほのぼのとした気持ちで見守った。

（あれ？　でもなにか忘れているような……）

その疑問は玄輝を見て解決した。

「そうだ、玄輝！　玄輝もチョコもらっていただろ」

玄輝は片目だけ開けて梓を見上げたが、すぐに興味なさそうに目を閉じた。

「マドナちゃんの妹のセリアちゃんからもらってたよね？　お返しはどうするの？」

玄輝は今度は反対側の目を開けてちょっと考えるそぶりをしたが、やがて目を閉じてコタツの中に潜り始めた。

「セリアちゃん、あんな小さいのに玄輝のこと好きって言ってくれたんだから」

そのとき白花が音も立てずに立ち上がると、玄輝の前に回ってコタツの中に両手をつっこんだ。勢いよく玄輝の腕をつかんで引っ張り上げる。

「げんちゃん……だめ、おかえししなきゃ！」

「しらな……」

玄輝は珍しく両目を開いて驚いた顔をしている。

「ちゃんとしないと……げんちゃんのこときらいになる……！」

白花はぴしりと言った。本気の口調にさすがの玄輝もうろたえたらしく、コタツから出て正座した。

「わかった。おかえし、する」

「ん」

白花は腰に手を当てて梓を見上げる。

「あじゅさ、そーちゃんは？」

「え？　あ、ああ。確か翡翠さんや朱陽と一緒に公園に」

白花の迫力に梓もちょっとたじろいでしまった。

「しゅぐにおむかえにいって……！　ううん、しらぁなもいく。みんなでいって、そのままでぱーといこう！」

「し、白花。絵はいいの？」

梓は描きかけのクッキーの絵を見た。黄色の輪郭の中に薄く茶色が塗られている途中だ。

「えはあとでもかけるもん。でもほわいとでーはきょうだけだから！」

白花は決意を込めた目で梓を見上げる。

「マドナちゃんもセリアちゃんも……まってるよ！」


白花と玄輝を連れて公園に行くと、朱陽と蒼矢がジャングルジムで遊んでいた。

ジャングルジムは上り下りするだけのものだが、朱陽も蒼矢もくぐったり回転したり、一番上の細い部分を歩いたりと、アクロバットのように使っている。

ほかの子供がまねするとちょっと危険なレベルだが、見守っている翡翠は何も言わずにニコニコしているだけだ。

「朱陽、蒼矢」

梓が下から呼びかけた。二人はすぐに気づいて、「あじゅさー」と叫んだ。

「朱陽、はばたかないで！　蒼矢、飛ばないで！」

小声で叱ったが、二人は平気な顔で飛び降りてくる。

「どうしたのだ、羽鳥梓」

翡翠が不満そうな顔で言った。

「せっかく楽しく遊んでいるというのに」

「そーちゃん、ほあいとでーよ！」

白花が降りてきた蒼矢の手をとって振った。

「マドナちゃんに……ほあいとでーのぷれぜんとをおかえしすんの！」

「えー、なにそれえ」

蒼矢は口をひん曲げて玄輝を見る。玄輝は無表情だったがこっくりと大きくうなずいた。

「まえにあじゅさがゆってたでしょ！　バレンタインにチョコもらったらおかえしすんの
……そーちゃん、マドナちゃんにチョコもらったよね」

「もらったけど」

「だったらおかえし」

蒼矢は白花の手を振りほどくと、またジャングルジムの鉄棒を握って、ひょいと逆上がりした。

「でもだってー、ゆーしょーはべつにおかえししないってゆってたよ」

ジャングルジムの狭い隙間で頭をひっかけないように、器用に体を丸めて一回転する。

親友の優翔《ゆうしょう》くんに聞いていたということは、今日がホワイトデーだと知っていたはずだ。

「おかえしするとケッコンしなきゃいけないってゆってた。おれ、マドナちゃんとはケッコンしないもん」

「ケッコン!?」

白花がぎゅっと自分の胸を押さえる。

「どーしよー……、たかしちゃん、プロポージュしてくれたのかな……」

キラキラした目で見上げてくるので、梓は申し訳なく思いながらも首を横に振った。

「お返しはお返しだよ。プロポーズはそのぅ……直接会って言うもんだろ？」

「……そっか。そだよね」

白花がうつむいて表情を隠す。

「羽鳥梓！　貴様なぜ白花を悲しませるようなことを！」

翡翠が白花の背後から梓に水しぶきを浴びせる。

「……じゃあ翡翠さんは白花がもうお嫁に行ってもいいんですか」

「う、」

翡翠は胸を押さえて崩れ落ちた。梓は濡れた髪をかきあげると、翡翠を無視して蒼矢に顔を近づける。

「蒼矢、贈り物をもらったらお返しするのが〝おつきあい〟というものだよ。マドナちゃんに嫌われてもいいの？」

「えー、べっつにー」

蒼矢は梓の顔を見ずにうそぶいた。

「もう遊んでもらえなくなるかもしれないよ」

「えー……」

「そーちゃん、マドナちゃんにおかえししなよ！」

今まで黙っていた朱陽が、ジャングルジムの下の鉄棒に掴まって前回りしながら言った。

「そしたらまたチョコもらえるよ！」

「うーん」

蒼矢は腕を組んで頭をかしげる。彼の中では今、面倒くささと来年のチョコがはかりにかけられているのだろう。

「わかったー、おかえしするー」

「よし、じゃあみんなでクッキーを買いに行こうか」

「羽鳥梓、私も一緒に行っていいか？」

立ち直った翡翠がネクタイを締め直して言った。

「子供たちにホワイトデーのプレゼントをしたい」

「え、でも翡翠さんは……」

梓が言いかけると、翡翠は片手を上げ、悲壮な顔でさえぎった。

「もらっていない！　わかってる、もらっていないが……っ！　プレゼントができる機会があるならプレゼントしたいのは当たり前ではないか！　この私の溢れ出るプレゼント心を止められるものなら止めてみろ！」

「……いや、だれも止めませんので」

若干の疲れを感じつつ降参すると、翡翠の顔に笑みが戻った。

「よし、それではでかけようか！」

そのとき、不意に大きな声が降ってきた。

「ちょーっと待ったぁ――ー！」

二

突然大声で呼びかけられ、驚いて振り向くと、そこに黒いスーツに黒いフリルのドレスシャツを着た見知らぬ男が立っていた。いや、この姿はどこかで見たことがある――……。

「あ、え、えっと、もしかして伴羽さんですか？」

「そうじゃ、わしじゃ！」

「その姿は……もしかして狐さんたちに？」

「そうじゃや。佐助《さすけ》と宇助《うすけ》にちょっと頼んで力を借りた」

伴羽は自分の姿を見下ろし、「どうじゃ」と両手を広げてみせる。

「呉羽さんは一緒ではないんですか？」

「当たり前だ。呉羽には内緒だからな」

「そんな」

あの兄大好き御神鶏《ごしんけい》の呉羽に内緒だなんて、知ったらショックで倒れてしまうのではないだろうか？

「いったいどうして」

「うむ。おまえの家に行ったら留守だったのでな、気配をたどってきた」

当然のように言われたので、梓は悪い予感に背筋をざわつかせた。

「いや、そういう意味じゃなくて……、なぜわざわざ人の姿に？」

「そんなことより、今聞こえたがおぬしら、ホワイトデーのお返しを買いに行くとな？」

「え、ええ」

「不埒《ふらち》ものどもめが！」

いきなり伴羽が大音声で怒鳴り始めた。

「ホワイトデーのお返しといえば手作りに決まっておろうが！」

「はあ？」

手作り、という言葉の意味を理解するのに一秒ほど必要だった。

「わしがなんのために二本の腕と一〇本の指を持つ人の姿になったのか。すべてはホワイトデーのお返しを作るためじゃ！」

「ええっ⁉」

ひっくり返るほど驚いて、実際梓はよろけてしまった。伴羽は梓のそんなリアクションにもかまわず、拳を握って声を強めた。

「わしのかわいい弟が心を込めて贈ってくれたバレンタインのチョコレート。あいにく半分溶けてしまったがありがたくいただいた。その恩に報いるためにも今わしはホワイトデーに挑戦する！」

確かに先月呉羽は伴羽にチョコレートを贈った。つきあわされた梓はよく知っている。

「ちょーせん！」

蒼矢がぴょん！　と飛び上がった。

「おれはだれのちょーせんでもうけーる！」

「蒼矢、ちょっと……黙ってて」

梓は蒼矢の頭に手を置いて低い声で言う。蒼矢は「えー」と不満げな顔をした。

「伴羽どの。しかし手作りと言っても伴羽どのは今までに菓子を作ったことが……」

翡翠の質問はなんだろう、ちょっとズレている気がする。

「当然、ない」

なぜか伴羽はふんぞり返った。

「だが一人ではできなくてもこれだけの男子《おのこ》がおるのだ、皆で力を合わせれば問題なし！」

「……手伝わせる気ですね」

いやな予感の正体がわかった。これはきっと断る術《すべ》はないのだ。梓は地獄の底から響く声を出す。

「馬鹿を言うな。手伝いなど求めん」

伴羽はにんまりと笑う。

「協力を認めてやると言っておるのだ。手作りこそは思いの結晶、真心の現れ！　たとえどんなにみっともなくても愛と努力がその形になるのだ！」

「伴羽どの！」

翡翠ががっちりと伴羽の手を握った。

「感激しました。やはり手作り！　手作りは全てを凌駕《りょうが》する！　手作りイズベスト！」

もともと子供たちのカレンダーを作ったり、遊び道具を作ったり、プラモやフィギュアを作ったりしてきた翡翠だ。手作りにはこだわりがあるのだろう。恍惚《こうこつ》とした表情は、未来の手作りクッキーを思い描いているに違いない。

「その通り！　わかったらホワイトデーのお返しに必要なブツを用意するのだ！」

「了解です！」

たちまち翡翠は自身を水の粒に変えて姿を消した。ちょっと待てと言う隙もない。

（ど、どうしよう。紅玉さんは今日は用事があって来られないって言ってたし、俺一人で伴羽さんを止めることはできなさそうだし）

「なにをしている、羽鳥梓」

ぐいっと伴羽に襟元を引っ張られる。

「さあ、とっとと家に戻るのだ。なに、クッキーなどしょせん小麦粉を練ったもの。たやすいたやすい」

伴羽はそう言って大きな声で笑った。今、全世界のパティシエを敵に回したぞ、と心の中で唸りながら、梓は観念して目を閉じた。

（だ、だれか助けてください――――！）


「羽鳥梓から悲痛な神頼みの念が届いたぞ」

タカマガハラでアマテラスが顔をあげた。ちょうど会議室でクエビコやスクナビコナと一緒に今年の桜前線の調整をしていたところだ。

さっと手であたりを払うと床が透け、池袋にある羽鳥家が見えた。羽鳥家の屋根もガラスのように透けてキッチンが見える。

決して広くないそこは大人が三人いるだけでずいぶんと窮屈そうだった。

「あれは羽鳥梓に翡翠に……あと一人は誰だ？」

「あれは……伴羽やちゃ。さくら神社の御神鶏《ごしんけい》の」

地上のことはなんでも知っているクエビコが答える。

「ほう、人型に変化しておるのか。なにやら宝塚《たからづか》の男役みたいだの」

と、自身も地上に降りるときはそういう姿に変わる女神が笑った。

「どうやら伴羽くんの音頭でホワイトデーのクッキーを作ることになったようだね」

状況を一目見て、知恵の神スクナビコナが的確に推理した。

「蒼矢と玄輝も作るのか。伴羽や翡翠のはともかく、子供たちのは賞味してみたいな」

アマテラスは身を乗り出す。

「でも、梓くんが救いを求めとっちゃ……伴羽も翡翠もやりすぎなところがあるから確かに心配やちゃねえ」

「連中はともかく、子供たちに失敗はさせたくないな」

うーむ、とアマテラスは考え込んだ。

「よし、田道間守《タジマモリ》を呼ぼう」

三

一方地上では。

テーブルの上に山と積まれた菓子作りの材料、道具を目の前に、梓たちは立ち尽くしていた。

「それでこれらをどうすればよいのだ?」

伴羽は梓が普段使っている青いエプロンをつけている。黒いフリルのシャツブラウスに、それは妙に似合っていた。材料や道具を揃えたのは翡翠だ。

「それはこれから羽鳥梓が検索するでしょう」

翡翠はそう言って梓に指をつきつける。

「現代男子たるものスマホを操り必要な情報を取り出すなど朝飯前だな? 羽鳥梓。一擦りで回答を出せ」

「いや、ちょっと待ってくださいよ……スマホは魔法のランプじゃないんだから」

梓はブツブツ言いながらスマホの画面をタップした。『クッキー　作り方』で検索するとおいしそうな写真がたくさん出てくる。その中に『初心者におすすめ、ミルククッキー』というのがあった。

「これだ」

薄力粉にミルクとバターを入れてこねて整えて冷やして切る。そして焼けば完成。確かに簡単そうだが。

「わしはできれば白と黒で格子になっているのがいいな」

伴羽がひょいと高等技術をぶっこんでくる。

「私は間にクリームがはさんであるのが豪華だと思う」

翡翠も口を出してきた。

「おれはねーおれはねー、ジャムがのってんのがしゅきー」

蒼矢もはいはいと両手を挙げる。玄輝は床の上で足を放り出して寝ている。

「みんな好きなこと言ったって、初心者なんだからそんなに作れませんよ！」

梓はそう言うとテーブルの真ん中に大きめのボウルを音を立てて乗せた。

「このボウルの中でクッキーのたねを作ります。まず、翡翠さん、薄力粉を一〇〇グラム計って入れてください」

「よしきた」

翡翠はキッチンスケールの上に計量カップをのせ、そこに薄力粉を少しずつ入れてゆく。

「そうやっていれるとカップの重さが混じるのではないか？」

伴羽が心配そうに口を出す。

「ご安心を。実はこのはかりはカップを乗せてからスイッチをいれると、カップをなかったことにしてくれる優れものなのです」

まるで自分が作ったかのように翡翠が自慢する。

「ほう！　なんとこういう道具も進化しているのだな！」

伴羽は身をかがめると不思議そうにキッチンスケールを見た。

「こんなものですね」

翡翠がきっちり計った薄力粉をボウルに移す。

「次は牛乳を用意します。こっちのカップに三〇cc入れてください」

「よし、こんどはわしがやるぞ」

伴羽は牛乳のパックを両手でとると、計量カップへ向けて傾けた。だが。

「ん？　出ないぞ、空《から》か」

「伴羽さん。牛乳の口が開いていません」

「む？」

「ともはー、にゅーにゅーのふたあけないとだめー」

蒼矢がテーブルの下から手を伸ばしてパックを奪い取る。

「ここ、このさんかくのとこ、ひらいてね、そんでぎゅーってすんの」

そう言って教えるのはいいが、蒼矢の力だとまだ開かない。

「よしわかった。開いて押さえればよいのだな」

伴羽は蒼矢の前に膝をつくと、牛乳パックの上部分を指で持った。

「天之岩戸《あまのいわと》を開けたわしじゃ。こんな紙の箱くらい――」

そう言うと「えいやっ」とかけ声をかけて上部を力任せにひっぱった。紙パックは見事に開いた。そりゃあもう上から下まで真っ二つに。

「うわあああああっ！」

バシャアアッとキッチンの床にミルクが撒き散らかされる。あっという間に白いミルク溜まりができてしまった。

「うむ、開いたな」

「開いたな、じゃないですよ。どーすんですかこれ」

「問題なかろう、ここに先ほどの小麦を撒いて練ってしまえばよい」

「いやいやいやいや！」

梓が悲鳴をあげていると、玄輝がしゃがんでミルクに指を浸した。そのまま指を持ち上げると、まるでのりのようにくっついて空中に浮かぶ。

「おお、玄輝！　見事だ！」

「ごみ、とれる？」

玄輝が翡翠に聞く。翡翠はもちろん、とうなずき、さっと手を振った。するとミルクは空中に浮いたまま一瞬輝きを放った。

「さあ、羽鳥梓。私が浄化したミルクだ。使っても平気だぞ」

「うう……」

確かに一リットルのミルクを捨ててしまうのは勿体ない。翡翠がきれいにしたというなら信じてもいいだろう。

「じゃあカップの中に三〇ccいれてください」

「了解した」

翡翠は注意深くミルクを計量カップの中に注ぐ。

「さんじゅうしーしー」

玄輝が容量を確認する。

「なんだ、これしか使わないのか？」

「あとでもう一種類作りますから残しておきます。翡翠さん、残りはこっちに」

「よしきた」

翡翠がミルクを別のボウルに移動させる。梓は身をかがめて玄輝の丸い頭を撫でた。

「――ありがとうね、玄輝。上手にできたね」

伴羽はその様子を眺めながら腕を組んで、うんうんとうなずいた。

「玄輝も翡翠も見事なものだ。それに引き換え、羽鳥梓。おまえは騒ぐばかりでなにもしていないではないか」

「いや、ちょ……それおかしいでしょう、誰のせいで……！」

「羽鳥梓、心を広く持て。おいしいお菓子を作るには穏やかな気持ちでないと」

翡翠が慰めてくれる。梓の肩を抱き、顔を寄せるとささやいた。

「伴羽どのはとにかく現世のことは何もしらんのだ。口ごたえしても仕方がない。ここは早く終わらせてさっさと帰ってもらうのが得策」

「翡翠さん……」

「私にもおまえの苦労はわかるぞ」

普段伴羽さんの立ち位置にいる人に言われても、と思ったが、一理あるので梓は言葉を飲み込んだ。

（いつもなら紅玉さんの役目なのに、ツッコミ役が俺一人っていうのがつらい……）

梓はスマホの画面に視線を落とした。

「次は……薄力粉をふるいにかけます」

「あじゅさ、こんどはおれがやる！」

蒼矢がはいはいっと両手をあげた。

「フルイニカケマスってどうやんの!?」

「えっとね、この網の上に小麦粉をいれて、軽く揺すって下に落とすんだよ」

梓は蒼矢にふるいを渡した。

「翡翠さん、蒼矢がふるいますから上から小麦粉を入れてもらっていいですか？」

「うむもちろんだ！」

蒼矢が椅子に上がり、別なボウルの上にふるいを持って立った。そこに翡翠が少しずつ薄力粉を入れる。

「蒼矢、こうやって揺するんだよ」

梓はお皿を持ってふるう真似をした。蒼矢は梓の動きを見て、同じようにふるいをゆする。細かい粉がさらさらと下のボウルに落ちていった。

「おれ、うまくできてる？」

蒼矢は心配になるのか、何度も手を止めて尋ねた。そのたびに、「できてるよ、上手だよ」と梓が励ます。

「じゃあその間にバターと砂糖をまぜましょう。伴羽さんお願いします」

「まかせろ！」

「玄輝。ボウルにバターを五〇グラムと砂糖を五〇グラム計って入れてくれるかな？」

「ん」

玄輝はあらかじめ常温に戻しておいたバターをスプーンですくい、慎重な手つきでスケールの上の皿に載せていった。きっちり五〇グラム計ると、今度は別な皿を載せ、そこにも五〇グラムの砂糖を載せる。

「この二つを混ぜればいいのだな？」

伴羽はボウルにバターと砂糖を入れると、それを泡立て器でかき回し始めた。

「白っぽくなるまでお願いします」

「うむ、任せろ。それにしてもその昔、イザナギさまとイザナミさまが天のぬぼこをかき回したときもこういう感じだったのかの」

ボウルの中で最初砂糖がジャリジャリ言っていたのが、次第になめらかになってきた。

「で、そこにさきほどの薄力粉と牛乳を」

蒼矢と翡翠が左右からそれぞれ入れる。

「次は泡立て器ではなく、ゴムべらを使って混ぜます。切るようにして……ってありますけどわかりますか？」

「なんの、理解しておるわ」

伴羽は真剣な顔でゴムべらをたねに差しいれると、サクリサクリと動かし始めた。案外上手だ。

「細かくなったら押しつぶすようにして……」

「う、うむ。こうか？」

ボウルの中身がかなりなめらかな状態になってきた。

「じゃあそれをラップに載せて……そうそう。そうです。で、棒状にします」

翡翠と伴羽は顔を見合わせ不審そうな表情を作った。

「なんだ、これは」

「のりまきではないか」

確かに二人の手元には短い蛇のような、太い紐状の生地ができている。

「のりは使ってないでしょう？　いいからそのままラップで巻いてください」

不満そうな顔のまま、伴羽はクッキーのたねをラップで包んだ。

「それで冷蔵庫で一〇分冷やします。この間にもう一種類作りましょう。今度はココアパウダーを使います」

梓は先ほどと同じ手順で、小麦粉を混ぜるときにココアパウダーを一緒に入れた。ついでにクルミを細かく割ったものも入れる。

同じように冷蔵庫に入れ、ほっと一息つく。

「翡翠さんがたくさん材料を買ってきてくれましたけど、けっこう使わなかったですね」

赤や緑のアンゼリカや高級そうなジャムの瓶が所在なさげだ。

「私は型抜きというのをやってみたかったのだが」

翡翠はちょっとしょんぼりした様子でうさぎやハート型の型抜きをいじっている。

「今日じゃなくても今度また作って使ってみましょう」

「おお、そうか」

「わしはこれを使ってみたいぞ」

伴羽が取り上げたのは絞り口だ。

「ここからなにをひり出すのだ？　卵か？」

「いや、鶏じゃないんですから出ませんて」

そうこうしているうちに一〇分たってたねが固まった。梓は冷蔵庫からラップにくるんだ白と茶色のたねをとりだし、テーブルに置く。ラップをむくと端から包丁で切っていった。

「さてこれで」

みんなで作ったクッキーをオーブンの天板の上に並べる。

「一七〇度で一五分くらいか……。あとは焼き上がりを待つだけだね。こたつでお茶でも飲んで待ちましょう」

「おお！」

居間に向かうと、こたつの中に白花と朱陽が入ってテレビを見ていた。

「朱陽、白花、お待たせ」

梓が呼びかけると二人は顔をあげ、ぱっと笑顔になった。

「あじゅさ、クッキーできた？」

「うん、今焼いているよ」

朱陽の問いに梓は時計を指さした。

「長い針が九のところにいったらできあがるよ」

「そーちゃん……げんちゃん……じょうじゅにできた？」

白花が男子たちに聞くと、蒼矢は「とーぜん！」と親指を立て、玄輝も軽くうなずく。

「さあ、みんな。できあがるまでお菓子でも食べて待っていよう。おお、白花！『オーガミオー』のＤＶＤを観ていたのか。みんなで観よう」

翡翠はいそいそと白花の隣に足を入れ、蒼矢は朱陽と押し合いながらコタツに潜り込んだ。玄輝はいつもの定位置の押し入れの前を陣取る。

「……」

梓は残った場所を見た。所在なげに立っている伴羽も見る。

（もしかして俺と伴羽さんが一緒の場所に入ることになるのか？）

ぶるっと頭を振ると、梓は玄輝が潜った場所の布団をめくった。

「俺は玄輝と座りますから伴羽さん、そちらへどうぞ」

「うむ……」

伴羽は左右を見回してコタツの入り方を確認したらしい。布団をめくりあげると長い足を中に入れ……。

「いや、伴羽さん」

ずるずるっと伴羽は首まで中に入った。足が向こう側の朱陽や蒼矢の方まで突き出す。

「腹は温かいが足が冷たいな」

「起きて入ってください」

梓は腹に力を込め、低い声で言った。


DVDを見てお茶を飲んでいると、台所からいい匂いがしてきた。みんなが顔を上に向けてくんくんと鼻を鳴らす。

「焼けてきたみたいですね」

「そうか」

梓の声に伴羽がコタツから立ち上がった。

「少し様子を見てくる」

「まだもう少しかかりますよ。焼き上がったらちゃんと機械が教えてくれますって」

梓が言ったが伴羽はもう襖《ふすま》に手をかけていた。

「ちょっと見てくるだけだ」

伴羽はキッチンに入るとオーブンの前に顔を近づけた。オーブンの小さな窓からきれいに並んだクッキーが見える。

「んん……？　まだ全然焼けていないではないか」

クッキーの表面はまだ白いままだ。

タイマーの見方はさきほど教えてもらっている。ダイヤルの黒い線が真上の0と揃えば焼き上がり。

だが、もうじき0になりそうなのに、このままではちゃんと焼けない……。

「うーむ、」

伴羽はオーブンのもうひとつのダイヤルを見つめた。

「短い時間で早く焼くには……やはりこれだな」

ぐうっとダイヤルを回す。

「よし」

伴羽は黒髪を優雅にひるがえすと居間に戻った。

やがてチーンとタイマーの音がした。梓と翡翠、伴羽、それに子供たちがぞろぞろとキッチンにはいる。

「なんかくちゃいね」

蒼矢が言った。

「おこげのにおいしゅる」

朱陽も言う。

キッチンにはいったときからその匂いがしていたので、梓は眉をひそめオーブンのガラス窓を見た。

「あっ！」

あわてて蓋を開けて中身をグローブを使って取り出す。

「わー……」

オーブンの天板の上に並んだクッキーがどれも見事に真っ黒になっているではないか。

「な、なんで？」

レシピに書いてあった通りに温度設定をしたはずなのに、と温度のダイヤルを見ると、なんと一七〇度のはずが二七〇度になっている。

「あ、あれ？」

設定を間違えたのか!?

呆然としている梓の前で伴羽がいきなりしゃがみこんだ。

「すまん！　羽鳥梓！」

「と、伴羽さん？」

「わしだ！　わしがさきほど温度をいじったのだ」

「ええっ!?」

伴羽は目をあげて黒焦げのクッキーを見やった。

「どう見ても焼けておらぬようだったから……つい……心配で」

「そ、そんな、伴羽どの」

翡翠が身を震わせている。

「このクッキーは私も子供たちにあげたくて、命をかけて作ったのに！」

「ともはがしっぱいしちゃったのー？」

蒼矢が容赦なく追い打ちをかける。

「おれがつくったのだめにしたー！」

「くっきーたべたかったのにー」

朱陽も口をとがらせる。伴羽は子供たちの前に手をついた。

「す、すまぬ。蒼矢、朱陽、みんな」

床にめりこむほどに頭をつける伴羽の背に、梓がそっと手をおいた。

「大丈夫ですよ、伴羽さん」

「え……?」

「大丈夫。やり直せばいいんです。まだ焼いてないクッキーのたねがありますから」

梓は切っていない棒状のクッキーのたねを見せた。

「は、羽鳥梓。なんと寛容《かんよう》なのだ、おまえは」

伴羽が目を潤ませて言った。

「わしがおまえだったら起き上がれぬくらいに蹴り倒しているというのに」

うん、しかねない。梓はひきつった笑みを浮かべた。

「クッキーの失敗くらいでそんなことしませんよ」

伴羽に手を貸して立ち上がらせる。

「さあ、もう一回焼きましょう」

「——それには及ばへんよ」

そこに甘い香りと一緒に柔らかな関西弁が聞こえてきた。

四

えっと振り向くとキッチンの入り口に見知らぬ男性が立っている。タカマガハラでよく見かける白い神衣《しんい》を着て、髪をみずらに結っている青年だった。丸い頬は桃のように赤くつやつやとし、結った髪ははちみつ色。彼が動くたびに甘い砂糖やバニラの香りがした。

「あ、あなたは――」

翡翠がさっと頭をさげる。

「田道間守《タジマモリ》さま」

「うん、まあ楽にして。タカマガハラからアマテラスさまに言われて手伝いにきたんや」

「なんと！　菓子の神、タジマモリさまが!?」

お菓子の神さま？　と子供たちの顔がいっせいに輝く。

「かみさま、おかしだせんの？」

「おかしちゅくって！」

「らいねんのばれんたいん……よやくしていい？」

「……！」

わっと取り囲む子供たちにとろけるような笑みを向け、タジマモリはうなずいた。

「ごめんやで。ここへ来たんはあくまでも手伝いなんや。さて、その焦げ焦げのクッキーをどうにかしてあげんとな」

タジマモリは焦げたクッキーの上に手のひらをかざした。するとたちまちクッキーだけ時間が戻ったか、黒い部分が薄くなってゆく。

「おお！」

見ているうちにクッキーはほどよい焼き色へと変わっていった。

「ありがとうございます！」

伴羽は額が膝につくほどに深々と頭をさげる。

「礼には及ばんへんよ。このクッキーにはみんなの優しい気持ちがこもっとる。食べる人を幸せにしたいという思いが菓子の基本や。わしかて帝の喜ぶ顔がみたい一心で常世まで非時香菓《トキジクノカグノコノミ》を探しに行ったさかいな」

タジマモリは人のいい笑顔を梓に向けた。

「そうそう、このままでもおいしいと思うけど、せっかくたくさん材料が残っとるからちょっと載せてみん？」

タジマモリがアンゼリカの袋をとって言った。

「チョコペーストで絵を描いてもいいかもしれへんね」

「わー、おれ、かく！」

蒼矢が椅子の上に立つ。

「チョコペンかしてー」

梓はチョコペンの先をはさみで切ると蒼矢に渡した。蒼矢は両手で握って絞り出す。

「伴羽さんも翡翠さんもどうぞ」

アンゼリカの袋を渡すと二人は目を輝かせ、砂糖漬けの果物を手でとった。

「玄輝もチョコペン使う？」

梓が聞くと玄輝はちょっと考えて、ココアクッキーの上に白いチョコペンで絵を描き始めた。

「みてみて、かいじゅー」

蒼矢がきゃははと笑う。クッキーの表面に口を開けた怪獣が上手に描かれていた。

「しらぁな、おはなかいたよ」

白いクッキーにピンクの花が咲いている。

「あーちゃんはねー、あーちゃんはねー……えっとね、ぐるぐる！」

朱陽は勢いがよすぎてチョコレートが天板の上にはみだしている。

「……」

玄輝は丸に縦横の線を引いていたが、これはもしかして亀だろうか？

「みんな上手やねえ」

タジマモリは目を細めた。

「それでアマテラスさまたちが子供たちが作ったものを少しばかり賞味されたいそうや。いくつかもらっていってかまへんかな？」

「もちろんです！」

梓は白と茶色のクッキーをとり、それを紙ナプキンに包んだ。タジマモリはくるまれたものを大事そうに受け取った。

「お菓子はな、とりあえずレシピ通りに作ればそんなに失敗せんよ。オリジナルのアイデアを加えるんは、まず基本通りに作ってからな。そのあとは楽しく作ればええんやで」

タジマモリはそう言うと、小さくバイバイと手を振って消えてしまった。

「お菓子の神様っているんですねえ」

消えたあともタジマモリのいた場所には甘い香りが残っている。一緒に優しい笑顔が残っている気もした。

「うむ、タジマモリさまは時の帝《みかど》に頼まれ、常世の国でトキジクノカグノコノミ――不老不死の果実を手に入れられた方だ」

翡翠は胸に片手を当て、憧憬《どうけい》を込めたまなざしを天井に向ける。

「だが苦難に満ちた長い旅から戻ってこられたときにはすでに帝は亡くなっており、タジマモリさまも悲しみでお隠れになった。その後祀られ、神格を得られたのだ。だから誰よりも、菓子で人を幸せにしたいというお気持ちが強いのだ」

「そうだったんですか……」

しかし時の帝というのも無茶ぶりするなあと梓は心の中で思った。

「ちなみに祀られた神社は兵庫県豊岡市にある中嶋《なかじま》神社だぞ。毎年四月に行われる菓子祭には全国の製菓業者が多数参列するのだ」

翡翠がうんちくを披露する。

「解説ありがとうございます。さて、とりあえずクッキーはなんとか完成しました。さあ、伴羽さん」

梓は紙ナプキンにクッキーを四つだけ除いてほかを全部包むと、伴羽に渡した。

「伴羽さん手作りのクッキーです。早く呉羽さんにあげてください」

「羽鳥梓……それに子供たち……感謝する」

伴羽は包まれたクッキーをそっと抱きしめた。

「ともはー、くれはによろちくー」

「きっとくれはちゃんおいちいってゆってくれるよ」

「ほあいとでーは……あい！」

「うむ！」

子供たちの声援を受け、伴羽は両手を広げた。その姿が光に包まれたかと思うと、次の瞬間にはいつもの尾の長い鶏の姿に戻っていた。

「それではわしは一足先に弟のもとへ戻るぞ。世話になったな！」

伴羽はくちばしで紙包みをくわえると、翼を広げた。

「さらばだ！」

伴羽が飛び上がると普段開けてないキッチンの窓が勢いよく開いた。伴羽はそこから外へ羽ばたいてゆく。一陣の風が梓や子供たちの顔を打ち、テーブルの上のお菓子の材料が音を立てて床に落ちた。

「うわあ、最後まで大騒ぎだ」

梓はぼやきながら床に落ちたものを拾い上げる。朱陽や白花も手伝ってくれた。

「さて、次のを焼く前に、これを食べてみよう」

取り分けておいた四枚のクッキーを子供たちに見せると、わっと四本の腕が伸びた。

「わあ、おいちい」

サックリと音をたてて朱陽が前歯で噛む。

「おいちい……よ、そーちゃん、げんちゃん」

白花も頬を押さえて笑いかけた。蒼矢と玄輝も照れ臭そうに笑う。

「おれがつくったんだからとーぜん！」

「よかった」

「は、羽鳥梓、私には」

翡翠が恨めしそうな顔で見てくるのは無視して、新しくクッキーの生地を包丁で切ってゆく。

「さあ、また焼けたらみんなでクッキーにお絵かきしようね」

「あいあーい！」

オーブンに入れて温度を一七〇度に戻し、タイマーをかける。今度はタジマモリがいなくても大丈夫だろう。

「焦げずに焼けたらマドナちゃんとセリアちゃんに持っていってね」

梓が言うと蒼矢がはっとした顔になる。多分忘れていたのだ。

「えー、でもおれじぶんでたべたいー」

「マドナちゃんたちにあげるのが第一目的なんだから」

「もったいなーい」

「たくさん焼くから大丈夫だよ」

そうやって何度かにわけて焼いたクッキーはお皿の上に山盛りになった。四人で食べても二日分くらいあるだろう。

梓はその中から形のいいもの、チョコペンで描いた絵がきれいなものを選んで透明な袋にいれた。かわいいリボンもつけてラッピングする。

「じゃあ、これから公園に行こう。マドナちゃんたちいるといいけど」


三月に入って日は長くなったと言っても、そろそろ夕方になる。マドナちゃんたちはあまり遅くまで外で遊んでいないので、タイミングが悪いと自宅まで行くことになるかもしれない。

梓は翡翠と一緒に子供たちを連れて公園にきた。

「あ、マドナちゃんたち、いたよ！」

朱陽がブランコで遊ぶマドナちゃんとセリアちゃんを目ざとく見つける。

「ああ、よかった。さあ、蒼矢、玄輝。行っておいで」

梓は玄輝と蒼矢、それぞれにクッキーを渡した。玄輝はすぐにブランコに向かって歩き出したが、途中で止まって振り向く。蒼矢がついてこないからだ。

「蒼矢、どうしたの」

「えーだってさあー」

蒼矢はクッキーの袋を持ってぐねぐねと体を動かしている。ふてくされたときや恥ずかしいときによくする動きだ。

「一生懸命作ったクッキーじゃない、早く持っておいき」

「でもさー、なんかさー」

ここに来て恥ずかしくなったらしい。蒼矢は梓の周りをぐるぐる回り出した。

「そーちゃん、なんでいかないの？」

「おとこらしくない、かっこいくない……」

女の子たちに言われて蒼矢が「なにおー！」と怒鳴り返す。周りでやいのやいの言うとますますかたくなになる、と梓は朱陽と白花に「しーっ」と指を立てた。

「……そーちゃん」

玄輝が戻ってきて手を差し出す。

「いこ」

「うー」

蒼矢は玄輝の小さな手のひらを睨んだ。玄輝は辛抱強く待っている。

「……」

玄輝の態度はゆるぎない。岩のようにどっしりとした安定感がある……小さいのに。

「わかった」

蒼矢はようやく覚悟を決めたらしく、玄輝の手をとった。二人で手をつないでブランコに向かう。梓はほっとしてその背を見送った。

妹のセリアちゃんをブランコに乗せ、マドナちゃんがその背を押している。そこへ玄輝がやってくると、マドナちゃんがブランコを止めてくれた。

「せりあちゃん」

玄輝の声にセリアちゃんがぴょんとブランコから飛び降りる。春らしい水色のジャンパースカートの上にラベンダー色のダウンジャケットを着て、とてもかわいらしい。

「これ、おかえし」

玄輝はセリアちゃんにクッキーの包みを渡す。セリアちゃんは「きゃーっ」と甲高い叫び声をあげて、それを受け取った。

「あいがとー！　げんちゃん！」

「セリアよかったねー。あさからまってたもんねー」

「うん！」

セリアちゃんは包み紙を開くとクッキーを取り出した。

「おはなだー」

白いクッキーにピンクのチョコペンでお花の絵。これは白花が描いたものだ。

「げんちゃん、あいがと！」

もう一度お礼を言い、セリアちゃんが笑う。玄輝の丸い頬にも笑みが上った。

蒼矢はまだもじもじしていたが、ようやくクッキーの包み紙をマドナちゃんに差し出すことができた。

「なあに」

マドナちゃんが可愛らしく首をかしげる。マドナちゃんもラベンダー色のダウンジャケットを着ていたが、スカートはピンクで花のアップリケが飾られている。

「やる」

「なあに」

もう一度、反対側に首を倒し、くすくすと笑いだした。蒼矢は顔を真っ赤にして、

「……くっきー！」と叫んだ。

「ふーん」

マドナちゃんはブランコから離れ、周りを囲む柵をぐるっと回って蒼矢の前に立った。

黙って受け取り中を開ける。ぱっとマドナちゃんの目が見開かれた。

「これってそうやちゃん、つくったの？」

「おれと、げんちゃんと、ひーちゃんと、ともは」

「ふーん」

「あと、あじゅさとおかしのかみさま」

「おかしのかみさま？」

「うん、すっごいいいにおいする」

「へえ」

マドナちゃんはクッキーを一枚出して鼻先にもってゆくと、すん、と匂いを嗅いだ。

「ほんとだ、いいにおい」

マドナちゃんはちょっとだけかじって、「うふふ」と笑う。見ていた蒼矢も「えへへ」と照れ臭そうに笑った。

「ありがと、そーちゃん。マドナもこんどはちょこつくるね」

「うん……！」

どうやらクッキーを受け取ってもらえたようだ。

遠くから眺めていた梓はほっとする。玄輝も蒼矢もマドナちゃん姉妹と遊びだし、一件落着だ。

「羽鳥梓――！」

背後から翡翠の声がのしかかってきた。

「うわ、なんですか、翡翠さん！　びっくりした」

「今私はモーレツに感動しているのだ！　玄輝も蒼矢も男としてさらに一歩成長した……！私たちの子育ては間違っていなかったのだな！」

翡翠が眼鏡の奥から滂沱《ぼうだ》の涙を流しながら叫ぶ。

「私たちって……まあそうですが」

「これからも道を違えずともに育ててゆこうなあ！」

「わ、わかりました！　わかりましたから、もうちょっと声を抑えてください」

ほかのママさんたちがこちらを見ている。眼鏡にスーツのいい年をした男が手放しで泣いているのだからこれは目立つ。

（子供たちは成長してるけど、翡翠さんは変わらないなあ……）

早く紅玉が戻ってくることを祈りながら、梓は公園をはしゃぎまわっている子供たちを見守った。

終

「兄者《あにじゃ》……これはまさか」

さくら神社では白鶏の呉羽が、紙ナプキンに包まれたクッキーを見て鶏冠《とさか》を震わせている。

「そうじゃ、わしの作ったクッキーじゃ！」

伴羽が黒い頭を反り返らせて言った。

「いつもわしのために尽くしてくれて感謝するぞ。これからも我ら二人、世のため人のためアマテラスさまのため、力をあわせて神社を守ってゆこうぞ」

「兄者……」

呉羽はガクリと足を折って玉砂利の上に座り込んだ。

「なんという慈愛、なんというお優しさ。この呉羽、兄者には見返りなど望みはしませんものを……っ」

「わしがやりたかったのじゃ。わしのわがままを受け取ってもらえるか?」

「……はい」

呉羽はくちばしの先でクッキーをつつくと、半分にしたそれを飲み込んだ。

「とてもおいしゅうございます!」

「よかった。実はの、タカマガハラからタジマモリさまがいらしての……」

伴羽が呉羽にクッキー作りの一日の話を語って聞かせる。呉羽は目を輝かせて話に聞き入った。


さくら神社にクッキーの甘い香りが漂って、それに誘われたうぐいすが、まだ固い芽に包まれた桜の枝で、ホーホケキョと春を告げ始めた。

第四話

神子たち、春の公園で遊ぶ

蒼矢《そうや》と憂鬱な新入社員

本田明美《ほんだあけみ》は公園のベンチに腰を下ろすと、近くのコンビニで買ったコーヒーの蓋にストローを差した。

冷たい苦みが舌を通りのどに降りてゆく。ついこの間まではホットしか飲まなかったのに、気温は確実に春に向けて温かくなってゆくんだなあ、と思う。

振り仰げば青空の中にちらほらと桜の花が見えた。

この桜が満開になると入社式だ。とうとう社会人になる。

大学時代、何社も会社を回って就職活動をした。希望の会社には入れなかった。そのあとは数撃ちゃ当たるとばかりに興味のない会社もリストにいれてせっせと回った。

「御社《おんしゃ》のサービスの社会貢献度の高さと組織力に強く共感しています……」

「御社のサービスのさらなる価値向上とシェアの拡大に貢献したいと思います……」

どこの会社でも同じ台詞を言って、それでも落ちて落ちて落ち続け、自分は社会からいらない人間だと落ち込んで、ようやく内定メールをもらったときは、会社の名前も覚えていなかった。

あわててなんの会社か調べたら紙器製品の企画製造の会社だった。

（紙器製品って……箱の会社かあ……。そういえばそんな会社もリストにいれてたわ）

デザインの仕事をしたかった。広告系で自分の考えたポスターが駅なんかにバーンと貼られて、見る人たちが目を輝かせるようなそんな……。

動機が曖昧《あいまい》だということはわかっている。だから受からなかったのだろう。

（この会社、私なんか選んで大丈夫なのか？　逆に）

面接では人事部長の隣に社長も企画室長も営業部長も並んでいた。みんなにこにこと人当たりがよさそうだった。

（選んでくれて嬉しいけど……私、続けられるのだろうか）

自分が社会人になってからのビジョンも描けない。

（不安しかない。なんかすぐ辞めそう……）

ずずず、とコーヒーをすする。目の前では小さな子供たちがきゃっきゃと遊んでいた。

（子供はいいなあ……仕事なんてずいぶん先のことなんだろうなあ）

十数年前は自分もあんな子供だったなんて信じられない。

遊んでいる子供たちをぼうっと見ていると、ころころとボールが転がってきた。サッカーボールより少し小さめなビニールのボールだ。

それを追いかけて男の子が走ってくる。明美は体をかがめてボールを拾った。

「なーげーてー」

男の子が両手を振る。軽く投げると放物線を描いてボールが男の子の前に落ちた。

「あいがとー！」

男の子はボールを蹴って向こうへ戻るそぶりを見せたが、ぐるっと回ると明美のもとへ戻ってきた。

「おねーちゃん、なにしてんのー？」

この子は一人で遊んでいたのだろうか？　暇そうに見られて絡まれてしまったのか。

「おねーちゃんは悩んでんのよ」

明美はあんたなんか相手にしないのよ、という意志を込めて低い声を出した。

「なやむの、おもしろいの？」

だが、逆に興味を引いてしまったらしい。男の子はボールを操りながら近寄ってきた。

「面白くないわね」

「おもしろくないのになんでしてんの」

不思議そうな顔をする。子供ってこんなぐいぐいくるものだっけ。

「おねーちゃんはもうじき会社に行くのよ」

最近は家族以外と会話してなかったな、と思いながら、明美はその子に話しかけていた。

「かいちゃ、しってる！　おしごとすんだ」

「そう。お仕事してお給料をもらうの」

「なんのかいちゃ？」

「紙の箱を作る会社だよ」

そう言ったとたん、男の子の顔が輝いた。

「はこ！？　すっげー！　おれ、はこだいすき！　いっぱいもってるよ！」

男の子はボールを両手で持つと、明美のすぐ前まで寄ってきた。

「おかしのはことか、おやさいはいってたはことか、くれおんはいってるはことか！」

「……箱の何が好きなの？」

うっかり聞いてしまったのは、楽しげに箱を語る彼の笑顔が可愛かったからだ。

「えっとね、えっとね、いっぱいいろんなものがいれれるでしょ！　そんでね、いちばんはね、ふたがしまるとこ！」

「ふた？」

「ふたをあけるのすき！　どきどきするでしょ！」

男の子は両手をぎゅっと握って、それからぱっと開いた。

その瞬間、明美は白い空間にいた。足下も左右も真っ白な壁だ。頭上も白いもので塞がれていた。

（箱だ）

壁を手で押すと軽く弾力がある。

（紙の箱だ）

なぜか恐怖は感じなかった。夢の中にいるように、どこか他人事のようだった。

「志望したのは、技術で世界の物流を支えるという御社のビジョンに共感しまして……」

どこからか声が聞こえてきた。これは自分の声だ。

「御社で製品の企画開発に携わりたいと……」

少し疲れたような声。面接の時の自分の発言だろうか。

この箱の外には自分がいるのか。この会社に選んでほしいと、もうお祈りメールはいらないから内定を下さいと、作り笑顔に背筋を伸ばして愛想を振りまいていた自分が。

私はこんな大きな箱を持っていながらからっぽだ。夢も希望も未来もビジョンも、いれるべきものはなにもない。こんな私が社会人になっていいのだろうか？　やっぱり入社は断ったほうが会社のためではないだろうか……。

「でもねー」

男の子の声がした。振り向くと、ボールを持ってじっとこちらを見つめている。

「なにをいれるかが、じゅうよう」

「え……」

ドキリとした。そのとたん、明美は公園のベンチに戻っていた。

「え？　え？」

なに今の。一瞬寝ちゃったの？

「おれのはこねー、おれのすきなもんばっか」

男の子はそう言うと、ボールをポーンと向こうの方へ蹴った。それを追いかけて走ってゆく。

胸がドキドキしていた。今見た夢のせいだ。からっぽな箱の中にいる夢。

彼の言ったことが心に残る。

「何を入れるかが重要」

第一希望じゃなかった。落ち続けて適当に選んだのだ。夢も希望もない……。そんなことを言い訳にして社会人になる勇気を捨てようとしていた。

「私たちの会社は――」

面接のとき社長が言っていた。

「箱を作る会社です。でもその箱を手にした人のことを忘れないでいたい、そういう会社でいたいと思います」

そのときふっと心が温かくなった、カチリと社長と目があった。そう思った。

私はあのときあの会社を選んだのではなかったのか？

そのあともすぐに別の会社の面接があってバタバタしてて忘れてたけど、会社が私を選んだように、私も会社を選んだのではなかったのか。

夢や希望や未来やヴィジョン、今は空《から》っぽでもこれから選べる。入れられる。

いつの間にか、手にしていたアイスコーヒーは氷だけになってしまっている。

「紙の箱……なにを入れるか考えるのも面白そうだね」

明美はコーヒーのふたを開けると、中の氷をガッと口の中にたたき込んだ。ガリボリと音をたてて氷を噛みしめ、ベンチから立ち上がる。

「頑張ろう」

遊んでいる子供たちに背を向けて、明美は歩き出した。

「蒼矢、さっきベンチに座ってる女の人とおしゃべりしてただろ」

ボールを蹴りながらジャングルジムをくぐっている蒼矢に、梓《あずさ》が話しかけた。

「うー、うん」

蒼矢は足下のボールに気をとられ、返事が曖昧だ。

「なんの話してたの？」

「おねーちゃん、なやんでんだって」

「悩んでる？」

「はこのかいちゃいくんだって」

「箱の会社」

「おれ、はこすきってておはなしした！」

蒼矢はボールをぽーんと蹴ってジャングルジムから外へ出た。またボールを追いかけてゆく。

「こら、蒼矢。話が途中だよ」

「わーすーれーたー」

蒼矢の中ではもう終わった話なのだろう。それよりボールの行方が重要だと走ってゆく。

梓はベンチを見たが、もう女性の姿はどこにも見えなかった。

朱陽《あけび》とにせものの春告鳥《はるつげどり》

子供たちと公園へ遊びに出かけるとき、梓は必ず大きめの水筒を持って行く。

中には翡翠《ひすい》が浄化してくれた水道水がはいっている。もちろん、公園にも水道があるのだが、やはり家の水に比べると、味は数段落ちてしまう。

子供たちもわかっていて、どこで遊んでいても「あじゅさ、おみじゅー」と梓の元へ駆け戻ってきた。

朱陽とジャングルジムの上まで昇り、蒼矢とブランコをこぎ、白花《しらはな》と花壇の縁のコンクリの上を歩いたあと、一息いれようと玄輝《げんき》と一緒にベンチに座った。水筒の蓋を開け、よく冷えた一杯を飲む。

「ふう……」

大きく息をついてベンチに背もたれる。ここからは、遊ぶ子供たちと一緒についてきてくれた紅玉《こうぎょく》の姿が見えた。

ほーほけきょ――。

「あ、うぐいすだ」

梓は首を巡らせた。池袋でうぐいすの声を聞くなんて珍しいなと思いながら、小さな鳥の姿を探す。

ほー、ほけきょ――。

声はよく聞こえるのだが、姿が見えない。

「あーじゅさー」

朱陽が全力疾走でこちらに走ってくる。

「おみじゅーちょーだいー！」

梓の前に立ってはあはあと荒く呼吸をする。

「はい、お水」

水筒から蓋に水を入れて朱陽に渡すと、両手で抱えて一気にあおる。そのあとむせてケホケホ咳き込むまでが毎回のルーティーン。

「朱陽、いつも言ってるだろ？　もっとゆっくり飲みなさいって」

「うう、うん」

朱陽はもう一度水を飲んだ。食べ物で口の中をいっぱいにするのが好きな彼女は、水を飲むときも頬を水風船のように膨らませて飲み込む。

「――っぱあ……、おいちい！」

朱陽は笑顔で蓋を返した。

「ねえ、朱陽。あの声わかる？」

梓はそんな朱陽に聞いてみた。

「ほら、また鳴いた。どこにいるのかな、うぐいす」

「うぐいしゅ？」

朱陽は首をかしげる。そこへ再び「ほー、ほけきょ」と声が聞こえてきた。

「うー？　えう？」

朱陽はうぐいすの声に耳を傾ける。

「あっちよ！」

指さしたのは水飲み場のそばにある背の低い木だ。確か夏には白い花をつけていた。

「あじゅさ、きてきて」

朱陽に手を引かれ腰を浮かす。隣に座っていた玄輝を見ると、いつものように眠たげな顔をしていたが、こっくりうなずいた。一緒に行く気はないらしい。

「とりしゃん、こっちにいるよ！」

朱陽は梓を木の下に連れて行った。まだ葉も出ていない寒そうな木の枝に、黄色い顔に空色の翼を持った色鮮やかな鳥が止まっている。

「あれ？　インコじゃないか」

うぐいすは確かうぐいす色とも言うべき抹茶《まっちゃ》色のはず。ところが。

「ほ――――ほけきょ」

インコのくちばしの中からは、まごうことなきうぐいすの声が流れてきた。

「ほーほけきょ」

ほーほけきょ。

朱陽が声をかけるとインコはうぐいすの声で鳴き返した。今はベンチに座る朱陽の腕の上に止まっている。隣の玄輝も、目を覚ましていて鳥の小さな頭を撫でていた。

「あじゅさ、このこねー、まいごだって」

「迷子？」

インコは玄輝の指に大人しくとまっている。確かに飼われていた子なのかもしれない。

「どうしてインコがほーほけきょなんて。うぐいすと一緒に飼われていたのかな」

うぐいすは個人が飼育してはいけないことを梓は知らない。

「おうちにかえしてあげようよ」

朱陽も玄輝と一緒にインコの頭を優しく撫でた。インコは目を閉じて気持ちよさそうな顔をしている。朱陽が指を離すと自分から頭をすりつけてきた。

「そうだね。でも鳥だからねえ、どこから飛んできたんだか」

梓はスマホを取り出すと、「インコ　ほーほけきょ」と入力して検索した。すると案外たくさんのインコがうぐいすの声を習得しているという検索結果が出てきた。自然にまねをするだけでなく、人が面白がって覚えさせているのもあるらしい。

「うぐいすの鳴き真似をするインコの迷子はいないみたいだね」

　しばらく探したが見つからない。

「朱陽、鳥さんは自分のおうちわからないのかな」

「うん、きのうときょうはここにいたって。それからまえはもうわかんないってゆってる」

「そうかー」

　鳥には帰巣《きそう》本能というのがあるんじゃないのかと思ったが、けっこう遠くから飛んできてしまったのかもしれない。

　どうしようかと考えていると、紅玉が蒼矢を連れてベンチにやってきた。

「梓ちゃん、お水ちょうだい。あれ？　その鳥どうしたの？」

　紅玉はめざとく朱陽の腕にいるインコに気づいた。

「おー、なんかとりだー」

「インコちゃんよ」

　わしづかみにしそうな蒼矢の手を避けて、朱陽が名前を訂正する。

「どうも迷子らしくて……」

　梓が言うとインコが「ほーほけきょ」と鳴いた。

「わ、なにこの鳥。うぐいすのまねしてるで」

　紅玉は笑って身をかがめてインコをのぞき込んだ。

「もっかい、ゆってみて。ほーほけきょ？」

蒼矢もインコの前に顔を突き出し「ほけきょほけきょ」と繰り返したが、鳥はそのあとくちばしを閉ざしてしまった。

「インコちゃん、おうちわかんないの。こーちゃん、わかる？」

「あーちゃんに鳥のことがわからんのやったら僕にはお手上げやなあ」

紅玉は両手を広げた。隣で蒼矢が紅玉のまねをして手を広げる。

「そうなの……」

朱陽がしょんぼりする。その頭の上に紅玉が優しく手を置いた。

「でも大丈夫。わかる人が……神様がおるよ」

「え？　どなたですか？」

「鳥がいなくなって探している人が神様にお願いしているなら、その声は届いてるはずや。つまり、地上のことはなんでもご存じの方」

「あ、クエビコさまですか！」

「はーい、呼んだかあ」

呑気な声と同時に凄いスピードで電動車椅子が現れ、目の前でドリフトして止まった。

「わーっ、クエビコのおじちゃーん！」

蒼矢も朱陽も飛び上がって喜ぶ。いつも最新のかっこいい車椅子で現れるクエビコは、子供たちの憧れだ。

「こんにちは、梓くん。ひな祭りぶりやね」

クエビコは長袖のカットソーにオーバーオールというラフな格好で笑いかけてくる。さっそく朱陽と蒼矢はどっちがクエビコの膝の上にのるか、じゃんけんを始めた。

「はい、先日はお世話になりました」

会ったのはつい最近なのに、また車椅子が変わっていることに気づいた。今回のは車椅子というよりバイクのようにも見える。

「うん、これは車椅子やなくてシニアカー。歩道を走れる電動二輪車やちゃ」

梓の表情から心を読んだのか、そう教えてくれた。

「お店には入れんけど、誰かと一緒におでかけするにはいいっちゃ。音も静かだしね」

クエビコはぽんぽんとハンドルを叩く。その膝の上には勝利をもぎとった蒼矢が乗っていた。

「さて、話は聞かせてもらったっちゃ。その鳥さんのおうちを探せばいいんやね」

クエビコは朱陽の肩の上にとまっているインコをのぞき込んだ。

「そーなの、クエビコのおじちゃん、わかる?」

朱陽がインコを撫でるとまたくちばしをひらいて「ほーほけきょ」と高らかに鳴いた。

「うーん、そうか。わかったよ。この子は埼玉県から来たんだね。O市の古保美代子《こまたみよこ》さんが飼っているルルちゃんや。美代子さんは毎晩ルルちゃんの無事をお祈りしとるし、近所の神社にも通っとられるな」

「ルルちゃん！」

朱陽は顔をインコに近づけた。

「おなまえ、ルルちゃんっていうの？」

その途端、インコは「ルルチャン、ルルチャン！」と甲高く叫び始めた。

「まちがいなさそうやな」

「なんや、僕の情報信じとらんかったん？　紅玉は」

「い、いえ。そんなことは！　確認です、確認！」

クエビコはにやにやしている。普段失敗しない紅玉がうろたえる様がおかしくて、梓もつい笑ってしまった。

「そんじゃちょっと一回りしてくっちゃ」

クエビコはそう言うと蒼矢を乗せてバイクを発進させた。

「それにしても埼玉とはなあ。仕方ないね梓ちゃん、僕がひとっとび行って返してくるわ」

紅玉は朱陽の肩のインコに手を伸ばした。それを朱陽は体を回転させて避ける。

「え？　なに、あーちゃん」

「こーちゃん、あーちゃんも、いっちょにとりさんかえしたい」

「ええ？」

突然そんなことを言い出した朱陽に紅玉はとまどった顔をした。

「あ、朱陽、埼玉はちょっと遠いよ?」

「へーき。あーちゃん、しゅざくになってルルちゃんといっちょにとんでくから!」

梓にそう言うと、朱陽は紅玉の手をとった。

「いっちょにつれてって!」

「まあ僕は梓ちゃんがいいならいいけど……」

朱陽は今度は梓の方を向いて両手を組んだ。

「おねがい! あじゅさ」

「うーん……」

本当はいくら朱雀の姿になるといってもそんな遠いところへいかせたくはない。だが、紅玉と一緒なら……。

「翡翠さんだったら絶対行かせないけど」

聞かれたら翡翠は間欠泉の如く沸騰した水を吹き出すだろう。

「朱陽が見つけて迷子を帰したいって思ったんだもの。おうちに連れて行ってあげて」

ぱあっと朱陽の顔が輝いた。

「ありがとう! あじゅさ!」

言うなり朱陽の姿が真っ赤な鳥に変わる。

「うわっ」

梓は慌てて朱陽の前に立ち、今誰かに見られなかったかと当たりを見回した。だがこちらに注目している人はいないようだ。しかし鶏サイズの赤い鳥は目立ちすぎる。

「朱陽、もう少し小さくなれない？」

そう言ってみたが、朱陽は体を揺らすだけでサイズは変わらなかった。

「大丈夫やよ、梓ちゃん。僕が結界張っとくから、普通の人間の目には見えんよ」

紅玉はそう言うと右手をあげてさっと円を描いた。きらきらとした火の粉が辺り一帯に散ったが、熱さは感じない。

「それじゃあ朱陽、ちゃんと紅玉さんの言うこと聞くんだよ」

地上にいる朱雀に言うと、返事の代わりにばさばさと羽ばたきだした。インコも空に舞い上がる。

「紅玉さん、お願いします」

「任せて」

紅玉の膝から下が燃え上がり、体が宙に浮いた。

「じゃあ、いってくるでー」

「いってきまーす」

「ほーほけきょ」

あっというまに二人と一羽の姿が見えなくなった。空を仰いでいた梓はそのままの体勢でベンチに腰を下ろした。隣では玄輝が同じように空を見上げている。

そこへ蒼矢がクエビコと一緒に戻ってきた。

「あれー、あけびはー？」

紅玉と一緒に飛んで行ったというと、また蒼矢がむくれるだろう。

「さあ、どこへ行ったかな」

梓は笑顔でごまかすことに決めた。


朱陽と紅玉、そしてルルちゃんは三十分ほどで埼玉県O市についた。

インコの飛行速度は一時間で三〇キロ弱。池袋から埼玉のO市まで、おそらく一時間以内で着けるだろう。だが時間を短縮するため、途中で紅玉がインコを手の中にいれ、高速で飛んできた。

「おりるで」

紅玉は住宅が集まっている地域に朱陽を抱えて降り立った。

「ここ、ルルちゃんのおうち？」

「いや、もうちょっと先やけど、あれを見つけたからな」

足が地面につくと同時に朱陽は人の姿に戻った。その目が紅玉の指さすものを見つける。

「あっ、ルルちゃんだ！」

それは電柱に貼られたチラシだった。カラーコピーでインコの写真が載っている。

『迷い鳥　インコのルルちゃん。頭が黄色で胴体が水色のインコです。ほーほけきょと鳴くこともあります。古俣　見つけた方は――』と連絡先の電話番号が記載されていた。

「このチラシ持って行こう。池袋で見つけたとはいわんほうがええな」

「どうして？」

「遠くからきたとわかったら気を遣わせてしまいそうやからね」

紅玉はそう言うとチラシを電信柱から外し、スマホで電話をかけた。


インコのルルちゃんの飼い主はお年寄りのための施設にいた。きれいに掃除された玄関に、桜が生けてある。

施設の職員が連れてきてくれた古俣さんは車椅子に乗っていた。

「ああ、ルルちゃん！」

古俣さんが手を伸ばすと、朱陽の肩の上にいたインコが嬉しそうに羽を震わせて、その手の上に飛び移った。

古俣さんの話によると、一ヶ月ほど前からこの施設に入居していたが、一緒に連れてきたルルちゃんが五日前に逃げてしまったのだという。

「本当にありがとうございました。家からも離れて今は、この子だけが身内なんです」

ルルちゃんを鳥かごに戻して、古俣さんは何度も頭を下げた。

「よかったねールルちゃん」

朱陽が鳥かごの隙間から指を差し入れると、インコは頭をすり寄せてきた。

「おばーちゃん、ルルちゃん、おともだちにあいたかったんだって」

朱陽がそう言うと、古俣さんははっとした顔になった。

「家から離れたとおっしゃいましたね。もしかしたらルルちゃんには仲良しの鳥がいたんじゃないんですか？」

紅玉が聞くと古俣さんは何度もうなずいた。

「はい、春になるとうちの庭にきていたうぐいすがいまして……ルルはその子の声を真似するくらい懐いてたんです」

「ああ、それでほーほけきょと」

教えたのは人ではなくそのうぐいすだったのだ。

「ええ……。私、自分のことばっかりで……。ルルだって急に知らない場所に連れてこられて寂しかったでしょうに……ごめんなさいね、ルル」

古俣さんは鳥かごの上に顔を伏せて涙をこぼした。インコはそんな飼い主の顔を見上げて「ほーほけきょ」と優しく鳴いた。

「こーちゃん」

朱陽が紅玉の服のすそをつまんでささやく。

「あんね、あーちゃんね……ルルちゃんのおともだちとおはなししたい……」

「え?」

「ルルちゃん、ここにいるよっておしえてあげるの。おともだちのいるとこ、わかる?」


結局朱陽たちが池袋に戻ったのは出かけてから二時間もあとだった。梓はとっくに公園から引き上げ、晩ご飯の支度を始めていた。

「ごめんな、遅うなって」

紅玉は手を洗うとキッチンに駆けつけた。

「大丈夫ですよ、翡翠さんが迎えにきてくれましたし」

「まったく鳥を返しにいくだけなのに何時間もなにをしていたのだ!」

翡翠は唐揚げにする鶏肉に塩こしょうを揉み込んでいるところだった。

「大体私に黙って朱陽と遠くまでお散歩などと、抜け駆けしおって」

怒っているのはそこらしい。

「うん、まあ、あーちゃんがアフターケアをしたいっていうからね」

「アフターケア、ですか?」

「そう。もうルルちゃんが逃げないようにね。、飼い主の引っ越し前の家にも行ったんや」

バリバリとレタスの葉をもぎながら紅玉が嬉しそうにいう。

「あーちゃんはほんまに心の優しい子に育ったなあ」

「それは当たり前だ。私が卵のうちから愛情込めてだっこしていたからな！」

鶏肉をタッパーの中で転がしながら翡翠が自慢げだ。

「愛情込めてだっこしてたのは僕も同じじゃ」

「私はだっこだけじゃなく、歌も歌ってたぞ」

「僕はお話聞かせてたわ」

果てしなく続きそうだったが、鶏肉を油に投入した梓にはもうなにも聞こえなくなった。


ほーほけきょ。

ほーほけきょ。

施設のリビングにうぐいすの明るい声が響き渡る。ソファやロッキングチェアに座った老人たちはその声に耳を傾けている。

一羽の鳴き声は窓のそばに置いた鳥かごの中から、もう一羽の声は窓の外の背の高い木の梢《こずえ》から。

その梢にはうぐいすが止まっていた。

ほーほけきょ。

あのあと紅玉と朱陽は古俣が引っ越す前の家にいき、庭で一羽で鳴いていたうぐいすを見つけた。

朱陽が話しかけ、施設まで案内すると、すぐに友人を見つけたらしく、窓のひとつに舞い降りた。窓越しに声をかけたうぐいすに古俣さんも驚いたようだ。

その日から、古俣さんは窓のそばの木に餌皿《えさ》を用意し、うぐいすに餌を与え始めた。

そしてルルとうぐいすは毎朝ごきげんな二重奏を奏《かな》でているという。

玄輝と花粉症のサラリーマン

「はっ……はぁっくしょい、ぶしょいっ！」

大きなくしゃみをして宮地《みやち》文隆《ふみたか》は洟《はな》を大きくすすりあげた。

「うぁ〜おう、うう……」

くしゃみのあとはなぜか無意味なうなり声が出てしまう。

「ああ……くしゃみ連発のあとってぼーっとしやがる」

宮地はコツコツとこめかみをつついた。

花粉症と診断されてもう二〇年。もうじき人生の半分が花粉症に支配されてしまう。

宮地は手にした花粉症に効くと言われている甜茶《てんちゃ》ドリンクをあおり、公園で遊んでいる子供たちに目を向けた。

「いいなあ……俺も子供の頃は花粉症じゃなかったなあ」

どれだけ外で遊んで花粉を浴びても平気だったのに。

今は休憩時間に外のベンチに座るのすら躊躇《ちゅうちょ》してしまう。

今日は風も湿っぽくて大丈夫かと思ったのだが、やはり花粉は充満しているらしい。

「だめだ、もう帰ろう」

そう呟いて腰をあげようとしたとき、再び、くしゃみの衝動がきた。

「ぶわっくしょい、しょいしょーい！」

ベンチが割れんばかりの大きなくしゃみをしてしまった。

「あーうぃー……」

鼻の下を擦ってふと隣を見ると、いつのまにか小さな男の子が座っている。

「あ、……」

男の子は目を丸くして宮地を見ていた。あまりに大きなくしゃみにびっくりしたのか。

「ご、ごめんね、驚かせて。花粉症なんだよ」

「かふん、しょう」

「君みたいな小さな子には関係ないかな。花粉が体の中にはいると免疫とか言うのが過敏に反応してくしゃみや鼻水がでるんだ」

「びょーき？」

「うーん、厳密には病気じゃないんだけど……とにかくやっかいでね」

「たいへん？」

「うん、もう大変だよ。目は痒くて痒くて涙が出るし、鼻水は出るのに鼻は詰まってるし。もう取り外してじゃぶじゃぶ洗いたいくらい」

こんな子供になにを言っているのだろうと宮地は自問した。花粉症のつらさを知らないだろうし、突然見知らぬ大人に話しかけられ怖がっているかもしれない。だが、愚痴を思い切り吐き出せるのが嬉しかった。

「夜だってねえ、目が痒くて眠れないし、眠れそうになると何度も自分のくしゃみで起こされるんだ。だから春はいつも寝不足だよ」

実は今の部署には花粉症の人間が少なく、いたとしても軽症で、宮地が大声でくしゃみをしていると「花粉って薬もありますよねえ」と嫌みを言われてしまう。

いろんな薬を試したり、アレルゲンを抑えるヨーグルトだのきなこ、好きでもないごぼうやレンコンも食べてみた。ネットに書いてあるさまざまなものを試したがこのありさまなのだ。花粉症の人間のつらさをわかってくれ。

――いや、くしゃみをするなと言ってるんじゃないんですよ、もうちょっとおとなしいくしゃみになりませんか――

無理だ。くしゃみなんかコントロールできるわけがない。俺のくしゃみがうるさいのは子供の頃からの筋金いりだぞ。

「かわいそう」

男の子はひどく同情した顔で言った。情けないがそんな言葉でさえ嬉しくなる。

「うん、かわいそうだろ」

「じゃあ、あらったげる」

男の子はそういうと、ベンチの上に乗り、宮地の顔に手を伸ばした。

「え?」

疑問に思うまもなく、男の子の指が宮地の鼻をぽこんと取り外した。

「へ? へえ?」

男の子は宮地の鼻を持ってベンチから飛び降りると、たたたと公園の水飲み場まで走って行った。そこで水を出し、じゃぶじゃぶとゆすぐ。

そのあと、ぱっぱと振ると、また走って戻ってきた。

「あい」

ベンチの上に乗った男の子はぐいっと鼻を宮地の顔に押しつける。

すうっと冷たい空気が鼻の中を通った。

「うおっ！」

久々のすっきりした呼吸感。こんな深呼吸は小学生以来だ。この世の空気をすべて吸い尽くせそうだ。春の空気ってこんなに甘くいい匂いなのか。

「おめめも」

男の子は今度は宮地の目に両手を当てる。すると視界が一瞬まっくらになった。だが次には水飲み場に向かっている風景が映った。

視界の中に蛇口が大写しに映る。そこから水がいっきにこちらに向かって放たれた。

「うわあっ！」

目を閉じようにもまぶたのないむき身の目玉だ。宮地は顔を押さえたが、水が目に向かって襲いかかってくるのを見つめているしかなかった。

「うおお……」

やがて視界が急激に上下する。あの子供が水を切っているのだろう。

画面が揺れてベンチで目を押さえている自分が見えた。どんどん近づいてくる。

「はい」

自分の顔がむちゃくちゃ勢いよく近づいてくる。目玉を押しつけられるのだ――。

「うわあっ！」

悲鳴をあげて顔をあげる。目の前がクリアだ。

「……え？」

おそるおそる隣を見ると、男の子はベンチの背に寄りかかってすうすうと眠っていた。

「ゆ、ゆめ？」

だがもう目は痒《かゆ》くない。すっきりしている。目の前も今までよりずいぶんはっきりと、鮮やかに見えた。

鼻も目も、なんともない。なんともないっていったい何年ぶりだろう。

「なんだこれ？　なんだこれ！」

宮地は声をあげながらベンチから立ち上がった。

「すごい！　目が鼻がすっきりしてる！　ほんとか？　マジだ！」

宮地はもう一度ベンチの子供を見たが、少年は眠ったままだ。

「夢でもなんでもいい、たとえ三分で終わったとしても、この気持ちよさはたまらん！」

すうはあと大きく呼吸をして宮地は走り出した。この気持ちよさのまま帰りたい。頼む、家まで保ってくれ！　一度もくしゃみをしないまま今夜は眠りたい！

駆けだしてゆくサラリーマンを、玄輝は薄目を開けて見送った。

あまり効力は続かないが、まあ今晩くらいはぐっすり眠れるだろう。

（ねむいのにねむれないのはつらいからね）

玄輝はそう心の中で呟くと、大きなあくびをして再び眠りにはいった。

白花と猫の恋

たたっと猫が公園を横切ってゆく。そのあとを追って別な猫が走っていった。

「ねこちゃんだー」

公園の砂場で翡翠と一緒に遊んでいた白花が、持っていたスコップでその姿を指した。

「最近猫をよく見かけるなあ」

梓が長く揺れる猫の尾を見ながら言うと、白花と一緒に砂場で山を作っていた翡翠が振り向いた。

「なにを言ってる、羽鳥梓。今は猫の発情期だ」

そう言えば夜も猫の声がよく聞こえていた。

「はつじょーきって……、なに？」

白花がスコップで砂をバケツにいれながら言う。

「うむ、雌猫《めす》がフェロモンを出し、雄猫《おす》を誘って交尾《こうび》を……」

「猫が結婚相手を探しているってことだよ」

梓は翡翠に最後まで言わせず、早口で説明した。

「ねこちゃん、けっこん……するの？」

「そう。それで相手を探して夜に鳴いたり、ああやって追いかけっこをしているんだ」

「ふーん……」

「羽鳥梓、なぜ私の邪魔をする」

話を取られた翡翠が目を三角にして抗議する。

「直接的な表現はまだ早いですよ」

「なにを言うか、子供は子供なりに理解をするだろう」

「それで白花が交尾交尾とか言い出したら周りの大人の方が困っちゃいますよ！」

小声で言い合っていると、ごく近くでギャアギャアと甲高い猫の鳴き声が聞こえてきた。

これは恋の声というよりも……。

「ねこちゃん、けんかしてる！」

白花はスコップを持ったまま立ち上がり、砂場から駆けだした。

「白花、危ないよ」

梓と翡翠も白花のあとを追った。

茂みを回ると予想通り、黒い猫とキジトラ猫が睨み合っている。

二匹とも背を丸め毛を逆立て、右へ左へと体を揺らしていた。少し離れたところに白い猫が立っていて、その様子を落ち着いた顔で見ている。

「あのこたち、……こないだのこだ」

白花が翡翠を見上げて言った。

「ほら、まつうらのおばあちゃんが……ごはんあげてたの」

「おお、そうだ。確かにあの白猫は道案内をしてくれた猫だな」

去年の冬、チヨさんに頼まれて、いつも猫に餌をやっていた老婦人が来なくなったので様子をみてきてほしいと頼まれた。そのとき餌をもらっていた七匹のうちの三匹だ。

「ぎゃおううぅぅう」

「ふうううううっ」

二匹の猫はにらみ合いながら何度か回り、突然互いに飛びかかった。

「あっ！」

白花は思わず飛び出そうとしたが、翡翠に止められた。

「待て白花。これは男の意地をかけた決闘だ。私たちは見守るしかできん」

「でも、けが……っ、しちゃう！」

白花の見る限り二匹は本気だ。本気で相手を斃《たお》そうとしている。

二匹は一度もみあったが、すぐに黒猫の方が逃げ出してしまった。勝ったキジトラは地面に座り、足をあげて毛繕《けづくろ》いをする。

「二匹はあの白猫を取り合っていたのだな。キジトラが勝ったから、白猫はキジトラを選ぶだろう」

翡翠がそう教えてくれた。毛繕いを終えたキジトラは悠々と白猫に近づいた。だが、白猫はキジトラが目の前にきたとたん、ぱっと逃げてしまった。

キジトラはびっくりしたように目を見張っている。

「これはふられたな」

翡翠がぽつりと言うと、キジトラはその声が聞こえたかのように振り向く。翡翠を一睨みすると、キジトラもさっさと走っていってしまった。

「勝者とすぐに恋に落ちるわけでもないんですね」

梓が同情めいた視線でキジトラを見送った。

「そうだな、猫の恋においては選ぶのは雌だからな」

「ねこちゃん……」

白花は白猫を探したが、もう姿は見えなかった。

それからしばらくして、白花はまた猫のけんかを見かけた。そのときはブチ猫とはちわれ猫がにらみ合っていた。そばにはやはり白猫がいる。

　ブチ猫とはちわれ猫はぐるぐると回りながら唸りあっていた。

「にゃあおうぅぅぅう」

「あおぉおおぉ！」

「あ――――おぅおぅおう」

「うあ――――ぉおおおおお」

　飽きるほど鳴き合いを続け、やがてはちわれ猫が口を閉じ、先に逃げた。ブチ猫はやれやれといったように体をぶるぶるさせ、おもむろに白猫に向き合った。だが白猫は今度もさっと逃げ出してしまった。

「あーあ……」

　残されたブチを見て白花は呟いた。あの白猫はこないだ勝ったキジトラも今のブチ猫も気に入らなかったらしい。

「しろちゃん……もてもてね」

　白花はお隣の仁志田《にしだ》さんの家に遊びに来ていた。目的は、飼い猫のチヨさんだ。

　江戸時代から生きているというチヨさんは、普段は尻尾を一本に見せている、由緒正しい猫又《ねこまた》だった。

「ねえ、チヨさん……どうしてみんなけんかするの……?」

白花はチヨさんに相談したかった。みんなで仲良くすればいいのに、と訴えた。

(仕方ないサ。それが猫の恋だもの)

「猫の恋……」

(春の季語になるくらい、昔からの定《さだ》めなのサ)

「キゴウ?」

チヨさんはお気に入りの縁側で、白花に撫でられながら長い尻尾をぱたんぱたんとうごめかせた。

(記号じゃないよ、季語さ。季節を表すいろいろな言葉。俳句っていう人間の言葉遊びがあって、それには必ず季語をいれる決まりがあるンだ。猫の恋ってのは春の季語なのサ)

「ねこのこい、は……はるのことば」

白花の言葉にチヨさんは孫娘を見るように目を細めた。

(そうそう。決まってることだから、人間がどうこう――おっとあんたは白虎《びゃっこ》だっけ。ほかのやつらがどうこう言えることじゃないンだ)

「うー……ん」

チヨさんの尻尾の動きが止まった。白花の方を向いていた三角の耳がぴこりと庭の方を向く。白花が気づいて顔を上げると、庭に茶トラの猫が来ていた。

「あ、あのこ……」

あの猫もこの間けんかしていた子たちと同じ、松浦《まつうら》のおばあさんに餌《えさ》をもらっていた七匹の内の一匹だ。

(マタきやがった)

チヨさんは口の中で舌打ちした。

(あたしはもう男を誘う匂いなんか出してないっていうのに、しつこく言い寄ってくるんだよ。まったく、このチヨさまがあんな小僧《こぞう》を相手にすると思ってンのかね)

チヨさんは立ち上がると背を丸めてトラ猫に向かって「シャアアッ」とすごんでみせた。トラ猫はあわてて逃げてゆく。

「あのこ、チヨさんが……しゅき、なの？」

白花はドキドキしながら聞いた。それにチヨさんはくしゃみでもしそうな顔をして、

(ただの勘違いさ)と吐き捨てた。

「かんちがい？」

(ガキは手に入らないものがいいものだって思い込むんだ)

「チヨさんは……だれがすきなの？」

(アタシは……)

チヨさんは目を閉じると組んだ前足の上にあごを乗せた。

(最初のご主人だよ。あいつが猫に生まれてくるのをずっと待っているのさ)

仁志田さんの家から自分の家に帰る途中、白花はあの白猫を見た。三波《みなみ》先生の家の塀の上に横になり、前足をぺろぺろなめている。

「ねえ」

白花は白猫に声をかけた。

「どうしてキジトラちゃんやブチちゃんと……けっこんしないの?」

白猫は前足で顔をぐるりと洗った。

──ほかにすきなねこがいるの。

白猫はそう返事した。

「そうなの? じゃあ、そのこに……いえば?」

──メスからいうなんてできないわ。

「はずかしい、の?」

──プライドのもんだいよ。

「えー……」

──でもあいつ、ほかのねこがすきなの……。

「そうなの? だれ?」

――いま、あんたがあってたやつよ！

「えっ！」

白猫はぱっと塀から飛び降りると走っていってしまった。

「そんなあ……」

ブチ猫ちゃんと黒猫ちゃんとキジトラちゃんとはちわれ猫ちゃんは白猫ちゃんが好きで、白猫ちゃんはトラ猫ちゃんが好きで、トラ猫ちゃんはチヨさんが好きで、チヨさんは最初のご主人をずっとずっと想っている。

「うーん……」

白花は家の前で頭を抱えてしゃがみこんだ。これは自分だけで考えるのは難しそうだ。

「だからね！」

夕食が終わった後、白花は梓に三度目の説明をした。

「ブチちゃんとくろちゃんとキジトラちゃんとはちわれちゃんはしろちゃんがしゅきで、しろちゃんはトラちゃんがしゅきでトラちゃんはチヨさんがしゅきで、チヨさんはね……」

「う、うん。白花。それはよくわかったんだけど、そういう複雑な三角……いや、四角？五角？　とにかくよその恋愛問題には第三者が口を出すものじゃないんだよ」

「でもだって……これじゃだれもうれしくないもん」

「でも、誰もしーちゃんにどうにかしてほしいとは言うとらんのやろ？」

紅玉が食後のデコポンをむきながら言った。

「そうだけど」

白花は不満げに口をとがらす。

「なにを言うか紅玉。白花は優しいのだ。猫などの恋に心を痛めるくらいに」

「恋に師匠なしともいうやろ。周りがあれこれ言ったってどうにもならん。ましてや相手は猫なんやし」

「紅玉さんの言う通りだよ、白花。こういうのは時間が解決するし、当人同士の中に他人が入っていっちゃいけないよ。……痛い目を見る」

梓の言葉に紅玉が目を輝かせて身を乗り出した。

「お、なんや梓ちゃん、身に覚えがあるの？」

「はあ、まあ高校生のときに……」

「そっち聞かせてよ」

「どうせおまえのことだ、女心をわからず余計なことを言ってひっぱたかれたのだろう」

「なんで知って……」

「やはりか！　やはりなのだな！」

わあわあと自分の頭の上で盛り上がる大人たちに、白花は小さくため息をつくと、「おやすみなさい」と立ち上がった。

夜中、みんなと枕を並べて眠っていた白花は、ふと目を覚ました。壁の時計を見上げると、短い針が三を指している。

白花は起き上がった。右に朱陽が口を開けて眠っていて、左に蒼矢が足を枕の上に載せて眠っている。玄輝の姿は見えないが、布団が丸く盛り上がっているのできっとそれだ。

梓はふすまの方で眠っていた。

白花はそっと布団から出ると、廊下へ出た。外から猫の声が聞こえてくる。目を覚ましたのはそのせいだ。ガラス窓に顔を張り付けて外を見ると、お向かいの屋根の上に猫のシルエットが浮かんでいる。今日は満月で外は明るい。

猫たちは屋根の上で「なーおなーお」と歌い合っていた。

恋の歌だ。

右から左から猫たちが現れ、逃げて、追いかけて、飛び上がって、うずくまる。

いつの間にか白花は外にいた。満月に照らされる屋根の上を白虎の姿で走っている。

たくさんの猫たちが白花の周りを一緒に走っていた。先頭にいるのは大きなトラ猫、パンケーキ色のチヨさんだ。

チヨさんは普段はひとつに絡めている尻尾を、今は堂々と二本に分けて、素晴らしいスピードで屋根の上を走ってゆく。猫たちはそれに置いていかれまいと必死だった。

「なーお、なーお、あーお」

チヨさんが満月に啼《な》く。猫たちも声を合わせた。

なーお　あーお　なーお　あーお

甘く暖かな風が吹き、猫と白花の体を浮かばせる。猫たちは互いに寄せ集まり、絡まって、抱き合った。

春だ。満月だ。愛し合おう。一緒になろう。

白花は猫たちの中にあの白猫を見つけた。白猫は誰か探しているようだった。きっと好きなトラ猫だ。だがそのトラ猫はチヨさんのそばにうっとりと寄り添っている。

満月に顔を向けていたチヨさんは、トラ猫に気づくと長い尻尾でその体をはたいた。トラ猫はぽーんと飛んで白猫のすぐそばに落ちる。

しょんぼりと耳を垂れるトラ猫のそばに白猫が近づいた。優しくその背に前足をかけ、鼻先をちょんとくっつける。

トラ猫は白猫を見た。白猫はトラ猫をじっと見ている。

丸い月の中に二匹の猫の姿がきらきらと光って見えた……。

翌朝、白花はご飯のあと、すぐに外へ飛び出した。

夜に見たのは夢だったのだろうか？　それともあれは本当のことだろうか？

翡翠があわてて追いかけてくるのを無視して公園に行く。なんとなくここに猫たちがいるとわかっていた。

「あ、……」

白猫がいた。足をあげて毛繕いをしている。その背後にはトラ猫がいて、優しく白猫の首筋をなめていた。

「……よかったあ」

白花がため息をつくと、白猫が顔をあげた。きらりと目を光らせて口が三日月の形に開いた。

「うふふ」

白花は両手で口を押さえ、小さく笑った。

白猫の近くにはブチや黒やはちわれやキジトラがいて、ふてくされたような顔をしていた。

「だいじょぶよー、みんなおよめちゃん、みちゅかるから……」

桜の花びらがちらちらと、幸せそうな白猫とトラ猫の上に舞い落ちていった。

第五話

神子と真夜中の卒業式

序

「こんにちはー！」

年期の入った玄関が突然光輝いたように見える。

そこに立っていたのが人気子役、萩原瑠衣《はぎわらるい》だったからかもしれない。

「いらっしゃい、瑠衣くん」

「るいるい、いらしたー！」

「こにちわー！」

「おひさし……ぶり」

「……！」

梓《あずさ》の後ろから出てきた子供たちが、きゃっきゃと騒ぎながら瑠衣を歓迎する。

「みんな、元気だった？」

瑠衣が言うと「おーっ」と声があがる。

「げんきー！」「べんきー！」「げんき……」

ちょっと変な単語も交じったが、聞かなかった振りをする。子供たちは瑠衣の手を引いて、まだコタツが出しっぱなしの居間につれていった。

「おお！　萩原瑠衣ではないか、久しぶりだな」

入ってきた瑠衣を見て、翡翠《ひすい》や紅玉《こうぎょく》も喜んだ。

「みなさんご無沙汰《ぶさた》してます。あ、これ母からです」

瑠衣はコタツに入る前に畳に座ってぺこりと頭をさげた。如才《じょさい》なく手にした紙袋から包装紙に包まれた菓子折りを渡してくる。

「ありがとう。おかあさんはお元気ですか？」

「はい。実は最近よく父と会っているようなんです」

「へえ、それは……よかったって言っていいのかな」

瑠衣の両親は離婚しており別々に暮らしている。だが年末に瑠衣が羽鳥《はのとり》家に来たときの事件をきっかけに、再び連絡を取り合うようになったとか。

「僕は母が父と仲良くしてるのを見るのは嬉しいですけど……」

瑠衣は子供らしからぬ落ち着いた笑みを浮かべて言った。

「大人にはいろいろ事情があるようで、すぐに元の通りというわけにはいかないみたいです」

「そ、そう。なんかまあ……みんなにいい方向に動くといいね」

極めて曖昧《あいまい》な言い方をしながら、梓は瑠衣にコタツを勧めた。

瑠衣がコタツに入ると白花《しらはな》がするりとその横に滑り込む。翡翠は玄輝《げんき》を膝に乗せ、紅玉は朱陽《あけび》と、梓は蒼矢《そうや》と一緒にコタツに入った。

昨日突然「おうちに遊びにいきたいのですが」と電話がきたときは驚いた。またなにか問題がと思ったけれど、子供たちとおしゃべりする楽しそうな瑠衣を見ていると、そんな感じはしない。

「実は先日まで撮影で京都に行っていたんです。それでみんなにお土産《みやげ》を買ったので渡したくて」

瑠衣はそういうと背負っていたリュックから小さな紙袋を四つ取り出した。

「わー、なにー?」

「おにやげー!」

「すてき……」

「……?、……!」

子供たちの頭がコタツの上に集まる。瑠衣が買ってきてくれたのは、朱雀《すざく》、青龍《せいりゅう》、白虎《びゃっこ》、玄武《げんぶ》の形をした土鈴《どれい》だった。きれいに着色されており、振るとコロンコロンとかわいらしい音がする。

「わーっ!」

子供たちはそれぞれの土鈴を手にして大喜びだ。

（四獣……？　これって子供たちの正体がバレてるってこと!?）

鈴の形を見た梓は驚いた。翡翠が睨んできたので全力で首を振る。

（確かに瑠衣くんには朱陽と蒼矢が力を使ったところを見られている。でも、ほんの短い時間だったはずなのに）

さては……と子供たちに目をやる。おしゃべりの間で正体をばらしてしまった子がいるにちがいない。本当のことならなんでも話してしまう朱陽か、「ここだけのひみちゅ！」が大好きな蒼矢あたりか。

でもきっと尋ねたところでもう忘れてしまっているだろう、と梓はため息一つであきらめた。

「るいくん、あいがと！」

朱陽がコタツから飛び出し、瑠衣に抱きつく。瑠衣は笑って小さな体を抱きとめた。

うん、喜んでるし、いいよね。

「るいくん、こんどなんにでるの？」

「テレビでる？」

蒼矢と白花が鈴をコロコロ鳴らしながら聞いた。

「えっとね、夏から放送するドラマに出るんだよ」

「もう夏の番組撮っているの？」

先取りもいいとこだと驚く。瑠衣は苦笑して、「夏の設定なんで、撮影のときはＴシャツ一枚です」と教えてくれた。

「ドラマのタイトルはなんというのだ？」

翡翠が興味津々の様子で聞く。それに瑠衣は申し訳なさそうに首をかしげた。

「すみません。まだ公表されてないので内緒です」

「そ、そうか。またポアレのようなミステリーだと私は個人的に嬉しいのだがな」

「しらぁなもみすてりすき……」

白花がうっとりと瑠衣を見上げる。

「タカシちゃんがでてるともっとすき」

「白花ちゃんは本木貴志さんのファンだものね」

「ハギワラルイくんのファンもしてるよ」

「あはは、ありがとう」

瑠衣に頭を下げられ、白花は赤くなる。

「それにしても現実ではようやく春になろうってとこなのに、夏の設定なんてね。ドラマって時間がかかるんだ」

「ええ。ドラマを撮っていると今がいつかわからなくなるときがあります」

瑠衣は大人びた様子で答える。

「でも、学校はもうじき卒業式なので、今はまだ三月だって覚えています」

「卒業式？　瑠衣くんは確かまだ……」

友人でＡＤをやっている米田《よねだ》からは、瑠衣は一〇歳だと聞いていた。

「はい、僕は今は五年生なので卒業は来年ですね」

「そつぎょーってなあに？」

紅玉の膝に戻った朱陽が、コタツの天板にべったりと頬をくっつけて聞く。

「小学校っていうステージから中学校っていうステージに行くこと。レベルアップだよ」

「おー、れべるあっぷ！　つよくなるのな」

瑠衣のわかりやすい説明に蒼矢がすぐ反応した。

「それで、今日きたのは、おみやげのことだけじゃないんです」

瑠衣はなにか企んでいるような楽しそうな顔をする。

「実は僕の学校、卒業式に幽霊が出るって言われてて……」

「え？」

「もしかしたら羽鳥さんたちなら、それを解決してくださるんじゃないかと思ったんです」

一

「うちの学校では卒業式の時、卒業する各クラスが壇上に上がって歌を歌うんです。その一番後ろの列の背後にいるはずのない誰かがいて、一緒に歌を歌うそうなんです」

瑠衣は梓がいれたココアのカップを両手で包んで言った。

「いるはずのない誰か……。それが幽霊ってこと?」

ホラーな話が苦手な梓は両手をコタツの中にいれ、肩まで潜り込みながら聞いた。

「はい、だからみんな後ろの位置になりたがらなくて、卒業生は毎回もめるらしいんです」

「ゆーれー、いっちょにうたうの?　おうたすきなんだね」

朱陽が嬉しそうに言う。

「でも、それ……噂でしょう?　トイレの花子さんや歩く二宮金次郎《にのみやきんじろう》みたいな」

梓が否定的に言うと、ルイは首を横に振った。

「うちには二宮金次郎はいないですね。でも卒業式間近になると、その噂が流れてくるんです」

「卒業式ともなるとやっぱり精神的に不安定になるからかもなあ」

紅玉もごく常識的な解釈を口にしたが、

「それに根拠のないことじゃないんです。実は事務所に同じ小学校出身の先輩がいて、その人から聞いたんです。六年前に卒業式直前で亡くなった子がいたって。それからの話ですから」

瑠衣は語気を強め真剣な口調で反論した。

「その先輩、田端《たばた》くんっていうんですけど、亡くなったのは一つ上の卒業生だったって。田端くんも卒業式のとき、歌声を聞いたって言ってるんです」

「ふうん……」

大人たちは揃って気のない返事をする。

「あ、信じてないでしょう」

「まあねえ……学校の七不思議ってテレビでいう『おわかりいただけただろうか』レベルやからね」

不満げな口調の瑠衣に、紅玉が軽く笑いながら答えた。

「でも、去年の卒業生も、その前の卒業生も、背後からいないはずの誰かの声が聞こえたって言ってるんです！」

珍しく瑠衣がむきになった口調で言い、スマホを取り出した。

「ほら、見てください。#《ハッシュタグ》麻葉《あさば》小の幽霊。これが去年の記事で……」

次々に画面をタップしてSNSの画面をスクロールさせる。

「一昨年……その前……。ずっとネットで書き込まれているんですよ」

「……ほんとだ」

数は少ないが、瑠衣の言うように毎年三月の後ろの日付で幽霊話が書き込まれている。

「もし本当に幽霊がいたら、成仏《じょうぶつ》できてないってことじゃないですか。そんなのかわいそうでしょう?」

「瑠衣くん?」

湿った声になった瑠衣に、梓は顔をのぞき込んだ。

「僕が今度やるドラマって、詳しくは言えないんですが、幽霊にまつわるお話なんです。そのために僕、いろんな人からそっちの方の話を聞いてきました。そうしたら幽霊になってしまった人が気の毒で……」

瑠衣は肩を落とし、しかし目線を上にして梓を見上げる。一〇〇年に一度の美少年、とキャッチをつけられた顔で迫ってくるのは反則だと梓は思った
「羽鳥さん、その子が出てくるのって、卒業したいからだと思うんです」

「そ、それはそうかもしれないけど……」

梓は視線をうろうろと天井あたりにさまよわせた。

「お願いします。その子をどうにか成仏させてあげられませんか？　かわいそうだと思うんです！」

瑠衣はこたつの上に身を乗り出して哀願《あいがん》した。

「あじゅさ、なんかかわいそうなの？」

「かわいそうなのはおたすけしないと！」

「あじゅさ……るいくんのおねがいだし」

「……！」

瑠衣と一緒に子供たちがつぶらな目で見上げてくる。

「み、みんな、意味わかってないのに瑠衣くんに加勢するのはずるいぞ！」

「まあまあ、梓ちゃん。瑠衣くんのお願いというだけやなくて、ほんまに子供の霊が迷ってるんだったら、僕からも頼むわ」

紅玉が片手をあげて拝むまねをする。

「卒業式の日だけに現れるやなんて、ずいぶん強い心残りがあるんやろ。気の毒や」

戦前には火伏《ひぶ》せの神として関西の神社に祀《まつ》られていた紅玉だ。地元の人間たち、とくに子供たちとは近しかったという。そんな子供好きの火の精霊から頼まれれば、梓もうなずくしかない。

「わかりましたよ、手を下ろしてください。俺が罰当たりになります」

梓がそう言うと、紅玉と瑠衣の顔がぱあっと明るくなった。

「ありがとうございます、羽鳥さん」

「おおきに、梓ちゃん」

今更だが紅玉も女の子のようなかわいい顔をしている。そんな二人がにこにこと自分を見つめている構図……これはご褒美といっていいのかもしれない。

「しかし、その幽霊の成仏、なにか考えがあるのか？　羽鳥梓」

翡翠が眠ってしまった玄輝を自分の胸にもたれかけさせながら言った。

「はい。玄輝の力を借りようと思います」

名を呼ばれたことに気づいたのか、玄輝が片目を開ける。梓がその顔に笑いかけると、ぼんやりした目のままで、こっくりとうなずいた。


瑠衣に頼まれた翌日、梓は翡翠と一緒に玄輝を連れて彼の小学校へやってきた。残りの子供たちは紅玉に面倒をみてもらっている。

瑠衣の通う麻布の小学校は今春休みとなっている。学校の中へ入るには、あらかじめ保護者からの連絡と正当な理由が必要だ。

どちらも用意できないので、無断で入らせてもらう。

入り口と校庭に設置されている監視カメラは、レンズの神様であるタマノオヤノミコトに頼み、偽《にせ》の画像を写してもらった。途中で人と接するのを避けるために、翡翠の体を分散させ、周囲二〇〇メートルを警戒する。

「羽鳥梓はスパイになる素質があるかもしれんな」

梓のアイデアは翡翠に感心されたがそんな職業につきたくはない。

そうやってなんとか梓と翡翠と玄輝は小学校の体育館に潜入することができた。

「どう？　玄輝」

四獣の中で玄輝――玄武は北を守護する。北は冥界《めいかい》に通じて玄武は死者を送り届けるものでもある。今までも玄輝が霊たちと関わってきたことを梓は知っていた。

梓は玄輝を抱いて体育館をぐるりと見回す。

「迷子の幽霊がいるかな？」

玄輝はもたれていた梓の胸から顔をあげ、目線を上へ下へと移動させた。

「あっち」

指さしたのは体育館の正面に作られているステージだ。

合唱のときに現れるというから、そこにいるのかもしれない。梓はおそるおそるステージに近づいた。

「……だれかいるの？」

声をかけるがあたりはシンと静まりかえっている。まあ「はーい」と答えられるのも怖いのだが。

「玄輝、だれかいるの、見える?」

「んー――んう」

玄輝は曖昧に首を振る。

「いるけど、いまは、いない」

「いない?」

「いまは、こない」

梓は翡翠を振り返った。玄輝の言った言葉の意味がわかるだろうかと。

「おそらく死者の霊が現れるのは今ではないのだろう。萩原瑠衣のいうように、卒業式、それも合唱のときでないと現れないと」

「そうか……それだとやっぱり卒業式まで待つしかないのか」

「いや、そうとも限らんぞ、羽鳥梓」

「え?」

「状況を同じにしてやればよいのだ」

「状況? 卒業式の状況ですか?」

「そうだ」

「どうするんですか？」

「少し大がかりになるが……まあ、今度は私に任せろ」

翡翠は胸を叩いてにんまりと笑った。

二

翡翠がまず行《おこな》ったことは、翌日にお向かいの三波《みなみ》先生の家へ行くことだった。この場合、用事があるのは三波先生ではなく、その家政婦の高畠《たかはた》さんだ。

「こんにちは、高畠さん。ちょっとお尋ねしたいことがあるんですが」

高畠はいつものように目を輝かせておしゃべりを始めた。

「あら、翡翠さん、こんにちは。今日はどうなさったの？　え？　六年前の卒業式の前日に亡くなった卒業生を知らないかって？　麻布の小学校？　さすがに学区が違うと私にもむずかしいけど、卒業式の前日ってかなりセンセーショナルよね……待って、待ってね、確かに聞いた……いえ、読んだことがある気がするわ。新聞に載ってたんじゃないかしら。そうよ、当日の新聞を探せばいいわ。図書館に行けばデータがありそうよ」

高畠さんからそこまで情報を引き出すと、今度は図書館へ向かう。瑠衣から卒業式の日は聞いていたので、六年前の卒業式前日と当日の新聞を探してみた。現在新聞はすべてデータとして保存してあるので、梓から借りた図書カードで検索してみる。

すると確かに前日、交通事故で小学六年生の男児が亡くなったという記事が出てきた。翌日が卒業式だったせいか、けっこう大きな見出しで悲劇的に取り扱われていた。

卒業式前日、小六男児死亡――港区××の路上で一二歳の小学生青山空良《あおやまそら》くんが、後方から走ってきた乗用車と接触し、病院に運ばれましたが全身打撲で死亡しました。空良くんは翌日卒業式を控え、私立中学へ進学が決まっていたということです――

新聞には写真も載っていた。運動会のときの写真なのか、体操服ではちまきをしている。健康で明るい印象の子供で、それだけに理不尽《りふじん》に命を奪われたことが切ない。

翡翠は名前を心に刻むと、パソコンを閉じ、少しの間頭《こうべ》を垂れて冥福《めいふく》を祈った。

家へ戻った翡翠は次の行動に移った。

「青山空良くんの卒業式を執《と》り行うぞ」

「卒業式？」

「どうやって？」

梓や紅玉から当然の質問が飛ぶ。

「卒業式の当日にしか現れないということは卒業式に強い思いを抱いていたということだ。なのでこっそり学校に忍び込み、体育館を使って空良くんの卒業式をやる。そうしたら空良くんも出てきてくれるだろう」

「偽の卒業式、ということですか」

「そうだ、そのためには壇上で歌を歌う必要がある。人数を揃えなくてはならんな」

翡翠が大がかりになると言っていたのはこのためだったのか。

「とりあえずタカマガハラから暇な神々を呼ぶが、やはり現役の小学生も欲しい。そういうわけで萩原瑠衣にも協力してもらいたい」

「暇な、神々……」

「あとは体育館をそれらしく飾り付けしなくてはな。子供たち、手伝ってくれるか？」

翡翠に振られた子供たちは喜んで手をあげる。

「おてちゅだいするー！」

「かざりちゅけってなにするの？」

「ふっふっふ、ここで昭和の伝統芸能が炸裂《さくれつ》するぞ！」

子供たちはコタツの周りに座り、せっせとティッシュを折っていた。五枚重ねにしたティッシュをじゃばらに折って細い一本の棒にし、真ん中を輪ゴムで止める。そしてあとからそのじゃばらを一枚ずつ広げてゆくと……。

「おはなだー！」

ふわふわしたティッシュの花のできあがりだ。

「ふあふあだ！」

手の上でぽんぽんと跳ね上げさせ、さっそく朱陽と蒼矢は花の投げ合いを始める。白花はこうした作業が好きらしく、黙々と花を量産している。玄輝はゆっくりと丁寧に作っていた。

「こういうの、確かに運動会や卒業式で看板に飾ってあったけど、自分で作れるとは思ってなかったです。先生とかが作ってくれていたのかなあ」

梓も花をぽんぽんと手の上で遊ばせて言った。

「昭和生まれの小学生なら誰でも一度は作ったことがあるはずだ」

「ナチュラルに俺を昭和仲間にしようとしないでください」

「気にせんといて、梓ちゃん。翡翠の常識が昭和からアップデートされとらんからな、こういうところで披露《ひろう》できるのが嬉しいんや」

そういう紅玉は隣の部屋で大きな紙を広げていた。そこには『第四七回卒業式』と筆で大書してある。

「あとはこの紙の周りを花で飾り壇上にあげればいい」

「でも学校の体育館をどうやって使うんです？　許可はとれないでしょう」

「なに、真夜中に借りればいい」

翡翠はなんでもないことのように言う。

「夜中に？」

「一応結界を張って普通の人間には気づかれないようにするつもりだ」

自信満々な翡翠に梓は大きく息をつく。

「ほんとに大がかりですね、大丈夫かな」

「人の魂をひとつ救うのだ。真剣にやらねばならないだろう」

翡翠は梓に向かって手のひらを向けた。そこに水の球を結び、中に体操服の青山空良の笑顔が浮かばせる。

ドキリとした。こんなに幼かったのかと。

「……そうですね、卒業させてあげたいですよね」

パシャリと水球が弾けて消える。だが少年の笑顔は梓の中にしばらくの間残っていた。

梓は小学校の前で瑠衣と待ち合わせた。三月も終わりだが、夜中はまだ寒い。息はさすがに白くならないが、薄手のダウンジャケットが必要だった。子供たちもみんなセーターにジャケットを着込んでいる。

「羽鳥さーん」

瑠衣が自転車を漕いで走ってきた。

「すみません、お待たせしましたか」

ひらりと自転車から降りる姿もテレビドラマのワンシーンのようでかっこいい。瑠衣は自転車を学校の壁に立てかけた。

「いや、大丈夫だよ。それよりこんな夜中に出てきてよかったの?」

「母には内緒です」

瑠衣はにっと笑った。大人びたものではなく、愛くるしい子供の笑顔だ。

「るいー」

蒼矢が手をあげると、瑠衣はその手にタッチする。朱陽や白花、玄輝も次々に手をあげた。律儀に全員とタッチすると、その手をこちらにも向けてきたので、梓も手を打ち合わせた。

「瑠衣くん、やる気だね」

「はい、僕からお願いしたことですし、それにみなさんがどんな力を使われるのか楽しみなんです」

瑠衣は目をきらきらと輝かせて見上げてくる。期待に満ちた表情がまぶしい。

「言っておくけど、成功するとは限らないからね」

子供たちは自分たちのことを、瑠衣にどこまで話したのだろう。四獣だということは言ってあると思うが、翡翠や紅玉が水と火の精霊であるとか、これから会う体育館の中の人々が神様であるということは知らないはずだ。極力不思議な力は使わないようにと頼んであるけれど、

（翡翠さんは時々暴走するからなあ……）

それだけが心配だ。

紅玉が中から学校の門を開けてくれた。校門の柵は機械仕掛けではなく手動で、カメラには相変わらずタマノオヤの目くらましがかかっている。

体育館に入ると中は煌々《こうこう》と照明が点けられていた。外から見たときは真っ暗だったので、これが結界の力なのかと思う。

正面のステージには、子供たちががんばって作った花飾りに囲まれた「第四七回卒業式」という題目がさがり、見知らぬ大勢の子供たちが立っていた。

「あれ？　あの子たちは……？」

神様が来ると聞いていたので梓は驚いた。紅玉が顔を寄せて囁いてくる。

「あれがタカマガハラで暇をしている神様たちや。卒業式やからな、一応子供の姿をとってもらっている」

「そ、そうなんですね」

ぼそぼそと情報を交換する。背後で瑠衣も驚いているようだった。そこに翡翠がやってきた。

「瑠衣くん、あの子たちは今日のために集まってもらったエキストラさんたちだ」

翡翠は表情も変えずに嘘をつく。いや、エキストラは嘘ではないのだが。

「そ、そうなんですか。でも子役の労働時間は午後八時までなんですけど」

さすがベテラン子役、雇用規定の把握はしっかりしている。

「大丈夫だ。彼らはボランティアであって、仕事で雇ってるわけではない。君だってそうだろう」

「あ、そうか。そうですね」

そういう認識でいいのか？　真夜中に子供が集まっているというだけでも問題な気がするが。

梓たちはステージに近づいた。神様たちの化けっぷりは完璧で、どう見ても小学校六年生にしか見えない。彼らはこちらに向かって楽しそうに手を振った。神様が暇で問題ないのだろうか？

「あじゅさ、あーちゃんたちもおうたうたっていいの？」

朱陽が期待に満ちた目で見上げる。他の子たちも口元がむずむずしているようだ。

「え、それは……どうだろう」

梓は翡翠たちを振り向いた。翡翠はさっとビデオカメラをスーツの内側から取り出す。あ、これは歌わせろということだな、と梓は苦い笑みを浮かべる。

「もちろんだ。かわいらしく歌う姿を録画してその動画をお渡しするという約束で来ていただいている」

翡翠がそう言うと並んでいる子供たちが重々しくうなずいた。

「そんじゃ子供たちが歌える簡単な歌にしておこうか。ＳＮＳの情報によればどんな歌でも声が聞こえたというから、歌の内容はなんでもええんやろ」

紅玉がピアノの前に座った。

「え？　紅玉さんが弾くんですか？」

「そうや。なんか不安か？」

紅玉は指をぽきぽきと鳴らし、手をぷらぷらと振った。今、指が手首にまでついたけど気のせいだよね……。

「わ、わかりました。じゃあみんな、瑠衣くんと一緒にステージにあがって」

「あいあーい」

子供たちは瑠衣と手をつないでステージにあがる。梓だけは全員の一番後ろに立った。話では誰もいない後ろから子供の声が聞こえるという。怖かったがそれを確かめなければならない。もし声が聞こえたらすることがある。

「それじゃあ、『はるがきた』を歌います。準備はいいですか」

紅玉の声を合図にステージ上ではさかんに咳払いが行われる。その音がなくなってから、ピアノの音が響いた。

「――さん、はい！」

はーるがきーた　はーるがきーた　どこにーきたー

歌声が響く。全員初めて歌うだろうに、声はぴったりと揃っていた。紅玉のピアノの腕前はかなりのもので、歌声をしっかりと支えている。

旋律は体育館の天井で緩《ゆる》やかに跳ね返り、空間いっぱいを満たす。

はーながさーく　はーながさーく　どこにーさくー

歌いながら梓は背後に意識を集中させていた。まだ誰の声も聞こえない。前の方を見ると、翡翠が満面の笑みでカメラを回している。もしかしたら歌う子供たちを撮りたいがためにこの企画を考えたのかもしれない。

とーりがなーく　とーりがなーく　どこでなくー

三番まですすんだ。これで反応がなければもう一度最初からになる。しかしこんな偽の卒業式、しかも真夜中に執り行って本当に幽霊は現れるのだろうか？

やーまでなーく　さーとでなーく……

そのとき、声が聞こえた。誰もいないはずの梓の後ろから。

「……のーでもーなくー……」

（来た！）

梓はぱっと手を上げた。そのとたん、前で歌っていた子供たち――神様たちがさあっと道を空ける。ピアノもぴたりと止んだ。

一番前にいた子供たちと瑠衣が驚いた顔で振り向いた。

同時に今までビデオを撮っていた翡翠がステージに駆け寄り、身軽に飛び上がる。

「第四七回卒業式を執り行う。卒業証書、授与」

そう言って服の袖からするりと丸めた卒業証書を抜き出した。

「青山空良、前へ」

よく通る翡翠の声が死んだ少年の名を呼んだ。これで証書を受け取ってくれればきっと成仏できる――。

しかし。

「ああ、だめだの」

梓のすぐ前にいた少女がつぶやいた。

「消えてしもうたわ」

別な少年もつぶやく。顔は若々しいが言葉は古くさい。

「失敗じゃ」

「失敗じゃな」

ざわざわと子供たちの声がさざ波をつくる。

「どうして……」

梓は背後を振り向いた。当然のように誰もいない。

「確かに歌声が聞こえたのに」

「羽鳥さん」

瑠衣が梓のそばに来て、がらんとしたステージ奥を見つめる。

「消えちゃったんですか？」

「そうみたいだ」

「どうしてかな……卒業したいんだと思ってたのに」

成仏させてあげられなくて悲しい、と瑠衣は思っているのかもしれない。

「へんじ」

そのとき、前にいた玄輝が声をあげた。

「へんじ、まってる」

「返事？」

梓が聞くとこくりとうなずいた。

「幽霊が返事を待ってるっていうの？　だから成仏できない？」

卒業式の時、誰かと約束したのだろうか？　その返事を待っているから……安心して眠ることができないのだろうか。

三

幽霊の言葉の意味を考えるため、いったん卒業式は解散した。神様たちはそれでも「楽しかった」と言って帰ってくれた。「本番にもきっと呼ぶのだぞ」とすごんでいったものもいる。

「瑠衣くん、ごめんね。こんな夜中に来てくれたのに成果を出せなくて」

「いいえ」

瑠衣はぶるぶると首を振った。

「ほんとは僕も半分くらいは信じていなかったんです。でも今日、集まってくれた子たちがみんな幽霊の存在を感じていたみたいで……ほんとうにいるんだ、と確信しました」

「うん、まあ、……ね」

そもそも神様たちだし、ね。

「あの子たちはそういう体質、もしくは訓練を受けている子たちなんですか？　僕にもわかるようになりますか？」

瑠衣は熱心に言う。どう答えようかとまどっていると、紅玉が助太刀してくれた。

「瑠衣くん。子供たちに不思議な力あることは聞いているやろ？　でもな、このことは重大な秘密なんや。だから僕らに関しても、決して言えないことがある。それを理解してきまえてもらわんと、迷子の幽霊を助けることはできんようになる」

柔和な笑みを浮かべているが、紅玉の瞳はしんと静まり、瑠衣を貫く。その視線に瑠衣は気圧《けお》されたようにうなずいた。

「わ、わかりました。もう聞きません」

もしかしたら瑠衣の中に『巨大な心霊組織』などという架空の存在が生まれたかもしれない。だけどこんな中途半端な情報のままで放置されたら――。

「萩原瑠衣は立派な厨二病《ちゅうにびょう》になってしまうかもな」

ぼそりと耳元で翡翠に呟かれる。梓は耳を押さえて振り向いた。

「翡翠さん、俺の心読みました？」

「いや、紅玉の言い方が実に思わせぶりだったので、そう思っただけだ」

「ですよね」

「いつか私たちのことや神々のことも知ってもらいたいな。萩原瑠衣は実にまれな――おまえと同じくらいまっすぐな心を持った人間だからな」

え？　ほめられた？

改めて翡翠を見るとさっと顔をそむけられる。

「翡翠さん、今、なんて？　もう一回言ってくださいよ」

「う、うるさい、それより子供たちが眠そうだぞ、羽鳥梓！」

「えぇー、そんな照れなくても……」

「私は萩原瑠衣を送ってゆくからな！」

翡翠はそう言うと、瑠衣を追い立てるようにしてその場を離れてしまった。


幽霊は現れた。彼が青山空良くんであることは、反応があったから間違いないと翡翠と紅玉が請け負っている。しかし返事を待っているということしかわからない。

「小学生にとって、学校が世界だとしたら、クラスは国です。違うクラスの子と心を残すほどの約束なんかしないはずです」

自宅へ戻ってからの作戦会議。時計の針はすでに今日を通り越している。

唯一の小学校経験者である梓は、紅玉や翡翠に力説した。

「もちろん、部活やクラブ、塾の友達、幼なじみという場合もあるかもしれませんが、クラスで歌う合唱のときに現れるなら、同じクラスの可能性が高いです」

「なるほどねー」

羽鳥家の居間でコタツに両手をつっこんだ紅玉が、天板に顎を乗せた格好で答える。

「じゃあとりあえずは青山空良の六年前の同級生を調べればええんかな」

「まあ、それが一番むずかしいですけどね」

「記録が残っているだろう」

翡翠が急須でお茶をいれて出してくれた。

「六年前なら一昔ということもない。まだ残っているはずだ。今ならデータになっているかもしれんが」

「まさか学校からデータを盗むとか？　体育館を借りるのとはわけがちがいますよ？」

梓が焦っていうと、翡翠は一瞬きょとんとした顔をしてから、真面目に首を横に振った。

「いや、そうではない。記録になっているのなら、セシャス殿のお力が借りられると思ったのだ」

「セシャス殿？」

「ああ」紅玉が顔をあげて翡翠を見た。「たしかに、あの方は記録を司る女神やったな」

翡翠は梓に目を向けると、

「セシャス殿はエジプトの女神でな。書記の神である。私たちは直接お目もじしたことはないが、バステトさまから頼んでもらってみようかと」と教えてくれた。

バステト神は前に一度白花の声のことでお世話になったことがある、猫の顔を持つ女神さまだ。なぜか日本の漫才がお好きだという。

「エジプトの女神さまが日本の小学校の記録まで管理されてますか？」

梓は半信半疑で聞いた。

「紙の記録なら大丈夫だろう。データ化してあるならイシドールス殿、という手もある」

「イシドールス……？」

「六世紀に『語源』と呼ばれる百科事典を編纂《へんさん》した人間だ。最近……といっても二〇〇三年だが、教皇庁《きょうこうちょう》により聖人と認められた。インターネット利用者およびプログラマーの守護聖人としてな」

「インターネットの神様ですか!?」

それは驚きだ。だが文明が進めば新しい神様も生まれるだろう。確か日本にも車の神様とか気象の神様とか、それに……。

「もちろん我が国にも電電明神という電気電波の神があらせられるが、守備範囲が広すぎるからな」

「そうそう、そうでした。電電明神さま！　確か京都にある神社でしたよね」

翡翠は梓の言葉にぱっと顔を明るくした。

「覚えていたか。ちなみにそこのお守りはＳＤカードでスマホにいれておけばご加護が受けられるぞ。『情報安全護符』というのも人気で全国のサーバー室にはひっそりと貼ってあるそうだ」

なぜか自慢げに言う。

「ＩＴ系の人はそういうの信じないかと思ってました」

「サーバーダウンやデータ漏洩《ろうえい》は天災と同じだからな……神にすがりたくもなろう。どういう人間だって心のよりどころは必要だ」

いや、データの漏洩は人災ですよ、とつっこみたくなるが黙っておく。

「それじゃ僕らはちょっとバステトさまのところにいってくるわ」

紅玉はコタツから立ち上がると翡翠の腕を引っ張った。

「待て！　また私も行くのか？」

翡翠がぎょっとした顔で叫ぶ。

「バステトさまは僕とおまえの漫才がお好きやからな」

「私は漫才などした覚えがないが!?」

翡翠の白皙《はくせき》の顔が瞬時に赤くなる。

「おまえは素《す》のままでええから」

「それはどういうことだ、紅玉！　ええい、離せ！　はな……っ！」

翡翠の叫び声が途中で途切れた。以前バステトの前で行われた二人の会話を聞いていた梓は、翡翠には申し訳ないが……。

「やっぱり漫才だよね」

お茶をずずっとすするとコタツと居間の灯りを消して、子供たちの眠る寝室へ向かった。


翌朝。

子供たちに朝ご飯を食べさせていると、翡翠と紅玉が帰ってきた。紅玉は満面の笑みで、翡翠はぶすりとむくれた顔をしている。昨日バステト神の前でどんなコントを披露したのか聞いてみたい。

朝ご飯を手伝ってもらい、子供たちを庭に出してから、梓は二人にお茶をいれた。

「どうでした?」

「ああ、うまくいったで。バステトさまからセシャスさまにお願いしてもろて、ほら」

紅玉は上着のポケットから一枚の紙をとりだし、ひらひらさせた。

「ああ、データになってなかったんですね」

「うん。ぎりぎりやった。翌年からデータになったそうや。イシドールスさまに頼まんですんだわ」

あからさまにほっとした様子に紅玉に梓は首をかしげた。

「イシドールスさまはむずかしいんですか?」

「いや、そうやないんやが……あっちのキリスト教圏の方々はちょい面倒くさくてな、階級とか根回しとか……」

紅玉がもごもご言う。

「それに比べると、エジプトの神々はおおらかでのんびりしておられるので、融通も利かせてもらえる」

翡翠があとを引き取った。

「太陽神がトップのところとか、多神教で神々の役割がはっきりしているところとか、日本と似たところも多いしな」

なるほど、唯一神のキリスト教よりは話が合いやすいのかもしれない。

「それより、梓ちゃんこれ見てや。当時の卒業生の名簿で、青山空良は六年五組。同じクラスの人間は全部で三十二人」

紅玉は紙をコタツの上に置いた。それには名前と住所、電話番号も載っている。

「六年前に小学校六年生、当時十一歳から十二歳なら今は十七から十八。ぎりぎり地元に残ってる年齢やろ?」

「そうですね、この春から大学進学や就職をする感じでしょうか」

個人情報漏洩も甚だしいが、まさか神様経由とは思うまい。

「もうすでに実家を離れたものもおるかもしれんが、とりあえずこの三十二人、いや、青山空良を抜いて三十一人か。彼らに連絡をとってみようと思うんや」

紅玉が指した電話番号はほぼ固定電話の番号だった。何人かは携帯の番号だが、学校の名簿なら親のものだろう。

「連絡ってどう聞くんですか?」

「それは簡単だ」

翡翠がスーツの内ポケットから二つ折りの携帯電話を取りだし、パチンと開けた。

「卒業式前、青山空良となにか約束をしたか、返事をしなければならないようなことがあったか、と聞く」

なんでもないことのように言うが、見知らぬ人に電話をするのは梓にはハードルが高い。

「三人でやれば一人一〇人で済むで。がんばろう、梓ちゃん」

紅玉の方はスマートフォンだ。二人はちゃんと地上の回線を使い、携帯料金も払っていると言う。翡翠の方は動画を見たり通販をしたりと活用しているようだが、紅玉がなにに使っているのかは聞いたことがない。

「じゃあ、かけようか」

高校生は卒業して自宅にいるかもと明るいうちから電話をしてみたが、在宅率は低かった。みんな遊びに出かけているらしい。

「青春を謳歌《おうか》しとるなあ」

紅玉が名簿に×印をつけながらふてくされたように言う。

「仕方ありませんよ。夜になったらもう一度かけてみましょう」

梓たちは子供たちと遊び、昼ご飯を食べ、また遊んで晩ご飯を食べ、そのあと、アニメーション映画をテレビで見せておいて、再び電話作戦を開始した。今度は同級生たちはかなりの確率で家にいた。

「青山空良？」

「なんでいまさら」

「交通事故なんでしょ？　俺には関係ないし」

六年もたってからの死んだクラスメイトについての電話に、出てくれた人たちは不信感を隠そうともしなかった。だが、

「友達でした」

「一緒に卒業したかった」

「いいやつだったよ、バスケが上手で」

だれもが青山空良を覚えており、彼を語る口調には懐《なつ》かしさと切なさがあふれていた。

青山空良は好かれていたらしい。

しかし、青山空良が返事を待っていた約束には、「知らない」「わからない」という答えだけだった。

最後のほうでようやく今までと違う反応があった。吉田杏奈《よしだあんな》という少女だ。

『……青山、空良くん……？』

耳を預けたスマホの向こうで少女の緊張した声が響いた。

『なぜ今頃……どうして』

梓は本能的に彼女が約束の相手だと感じた。青山空良の名を呼ぶとき、大事な宝物を手にしているような、そんな切ない声だったからだ。

「卒業式の時、何かの返事をする約束をしていませんでしたか？」

『……』

はあっと息を吸い込む音が震えている。間違いない、彼女が約束の相手だ。

『……もしそうだったとしても、知らない人に話すことじゃありません』

杏奈の声がひんやりと冷たくなる。確かにそうだと思いながら、梓は紅玉や翡翠に目をやった。梓の様子から『当たり』だとわかったらしい、二人は同時にうなずいた。

梓はスマホをコタツの上に置くと、スピーカーにして二人にも聞こえるようにした。

「実は、麻葉小学校の卒業式に幽霊が出るという噂がありまして」

梓は怯《おび》えさせないように、極力穏やかに語りかけた。

『え？』

「その幽霊が青山空良くんのようなんです。彼は、返事を待っているんです。そのために成仏することができないでいます……」

『な、なにを言ってるんですか!?』

いきなりこんなオカルト話が始まってうさんくさいし怖いだろう。よくわかっているがここを乗り越えてもらわなくてはどうしようもない。

「信じられないとは思います。でも前からＳＮＳでずっと書き込まれている話です。調べてみてください。僕たちはその青山空良くんを送ってあげたい、それだけなんです」

『あなたは……だれなんですか？』

杏奈のうわずった声が彼女の緊張を教えていた。名前は名乗ったはずだが、彼女が聞いているのはそんなことではないのだろう。

「僕たちは麻葉小学校の生徒の男の子から頼まれたんです。空良くんを助けてあげてほしいと。あなたの一言が六年迷っている青山空良くんを救えるかもしれないんです。お願いです――」

梓にはスマホの向こうの少女の姿が見えるような気がした。高校を卒業したばかりの、若く繊細な女性、同級生だった青山空良の名を聞いて、こんな怪しさ百パーセントの電話を切ることもできない優しい人。

「教えてください。あなたは空良くんと約束をしましたか？」

長い時間、相手は黙っていた。向こうから小さくテレビかなにかの音が聞こえる。固定電話は居間にあるのだろう。家族団らんのひととき、平和な日常の中で、彼女だけが六年前に引き戻されている。

『……そうです』

やがて彼女は弱々しく答えた。

『約束、してました』

――っしゃ――！

紅玉が拳を引き、翡翠が口を両手で塞ぎコクコクとうなずく。

「よかった。これで空良くんを送れる。あなたはその返事を彼に聞かせてあげられますか？」

『ど、どうやってですか？』

彼女はもうこちらに気持ちが傾いている。紅玉に目をやると彼はさらさらと紙になにかを書いた。梓はそれを読む。

「今晩、麻葉小学校へ来ていただけませんか？　僕たちは空良くんを送るための卒業式を執り行うつもりです」

時間をおけば不安と不信で彼女は動けなくなるだろう。紅玉は今日の夜十一時、と指定した。

「できれば一人で来ていただきたいのですが、ご心配でしょうからお友達や親御《おやご》さんと来てもらってもかまいません」

危険ではないことを示すため、友人や親を連れてきていいと言ったが、彼女は一人でくるだろう。

「わかりました。――一人でいきます」

なぜなら青山空良に伝えるのは秘密の返事だからだ。

四

十一時に、吉田杏奈は徒歩で麻葉小学校にやってきた。

懐かしい小学校。六年間通い続けたのに、中学にあがってからは生活範囲とずれたせいか、一度も来ていなかったことを思い出す。

青山空良とは四年生で同じクラスになった。それから一度もクラス替えが行われなかったので、三年間クラスメイトだった。

空良は声が大きくてよく笑ってクラブ活動はバスケ部で、女子にも人気があった。

背はそんなに高い方ではなかったが、愛嬌《あいきょう》があってみんなと仲良しだった。

彼を意識したのは五年生のときの学芸会の練習のときだ。クラスで劇をすることになり、空良がおじいさん、杏奈がおばあさんの役をやった。

劇は花咲かじいさんと瓜子姫と桃太郎をミックスしたみたいなへんてこな話で、内容はよく覚えていない。ただ、二人で手をつないで舞台の上をぐるぐる回る演技があり、そのとき男子と手をつないでいるのだとドキドキした。

学芸会のあと、空良がよく話しかけてくるようになった。嬉しかったがクラスの子たちに冷やかされるのがいやでそっけない態度をとっていた。

そうしたら学校の帰りに一緒になるようになった。空良の家は杏奈の家とはまったく別方向だったから、きっとわざわざ遠回りしてくれたのだろう。でも杏奈はそれに気づかないふりをしていた。

六年生の一年間、家までの一五分の距離を他愛ない話をして帰るのが楽しかった……。

「ちょっとコンビニ行ってくる」

吉田杏奈は十時四〇分にそう行って家を出た。こんなに遅く、と父親は顔をしかめたが、「三島《みしま》ちゃんが話があるんだって」と友人の名を使った。

同じ高校の三島祐子《ゆうこ》とは、ときどき夜に会っていたので疑われないと思ったのだ。

出かける直前、杏奈は薄く化粧をした。もし本当に青山空良に会えるなら、すっぴんでは会いたくなかった。

眉を引いているとき、自分がひどく馬鹿馬鹿しいことをしている気になった。

幽霊ってなに？　青山くんが学校にいるって、冗談でしょう？

しかし彼との約束のことは、はっきりと覚えている。あのことは誰も知らないはずだ。

誰も知らないことを知っているという恐怖より、そんなことを知ってるなら本当に青山くんだ、という思いが強かった。

眉を引く手が途中で止まった。

（むしろすっぴんの方がわかりやすいのかな）

そう思ったときに、自分はもう青山空良に会うことを信じているのだと驚いた。

けっきょく眉は両方引いて、リップまで塗ってしまった。

三月とはいえまだ肌寒いのでモヘアの淡い色のセーターに着替える。チェックのスカートにしたのは小学生の時の制服のスカートがチェックだったからだ。ブーツをはいたのは友達に似合うと言われたから……。

（わたし、おかしい？　おかしいよね。幽霊に会うのにおしゃれしてる）

ブーツのかかとをカツンとアスファルトで鳴らしてみる。もし、これがなにかの冗談だったり、おかしないたずらだったりしたら思い切り蹴り上げてやるんだから！

「こんばんわー」

校門の前には数人の人影があった。大人が二人に子供が四人。手を振る子供たちがひどく幼いことに杏奈は驚いた。こんなに夜遅く、子供が外にいていいのだろうか。保護者の常識を疑ってしまう。

「来てくれてありがとう。羽鳥梓です」

大学生くらいに見える青年が笑いかけてきたが、杏奈は表情をこわばらせたまま、ただ小さく頭をさげた。そばにはもう一人、スーツに眼鏡の男性もいた。顔はいいのに、にこりともしない。

「……ほんとに、青山くんの……」

なんとか声を絞り出すと梓と名乗った青年がうなずいた。

「はい、彼はここにいます。でも今日、解放してあげられると思います」

羽鳥梓はそう言って校門の柵に触れた。柵は夜には鍵がかかるはずだが、軽い音をたてて開いた。

「体育館で卒業式を執り行います。まずは歌を歌ってそれから卒業証書授与《じゅよ》です。空良くんの名を呼びますから、あなたは彼への返事を伝えてあげてください」

梓がそう言って敷地の中に入り杏奈を手招いた。杏奈は夜の学校を見上げた。暗い校舎がのしかかるように建っている。

すくんだように動かない杏奈の手に、ふと温かなものが触れた。

「だーいじょぶだよー」

校門の前に立っていた赤い髪の少女の手だった。反対側に回ったお人形のような顔立ちの少女も手を握ってくる。

「おにいちゃん……まってる……」

幼い少女たちににっこりされて、杏奈の体のこわばりもようやくほぐれた。彼女は校門の中に一歩踏み出した。

その瞬間、冷たい水で背中を撫でられた気がして思わず小さく声が出た。

「な、なに？」

振り向いたがなにもいない。

「だいじょぶよー、けっかいがとじただけだよー」

赤い髪の少女がそう言った。

「ひーちゃんのけっかい、ちょっとちゅめたいよね」

「な、なんだと朱陽。そんなはずは……」

眼鏡の男性が初めて声をあげた。ひーちゃん、というのは彼のことらしい。

「ほんとよ、ぴゃってする」

朱陽と呼ばれた赤毛の少女が首をすくめた。杏奈を見上げて「ね？」と笑う。なんと答えていいかわからず、杏奈はただ朱陽とつないだ手を強く握った。

体育館は外から見ると真っ暗だったが、扉が開くと中には光があふれている。ステージ上に子供たちがたくさんいてもう一度驚いた。

「あ、あの子たちは……」

「えっとね、えきすとらさん」

黒髪の少女が教えてくれる。

「エキストラ……？　でもこんな夜中に」

「あのね、ぼあんてあ……なんだって。たかまがはらからきてるの。だから……だいじょぶなの……」

エキストラ？　ボランティア？　タカマガ？　頭の中を単語が巡る。いったいなにが大丈夫なんだろう。

「梓さん」

ステージ上の子供たちの中から一人が飛び降りてきた。どこかで会ったような、見かけたような気がする少年だ。

「その人ですか？」

少年は絵に描いたように愛らしい顔立ちをしていた。

「うん、吉田杏奈さん」

「そうですか。空良さん、こんどこそうまくいくといいですね」

そういえば電話で小学校の男の子に頼まれたと言っていた。もしかして……。

「あの、君が……このことを頼んだの？」

「あ、はい。そうです」

少年は背筋を伸ばすとぺこりと頭を下げた。

「来てくださってありがとうございます」

はきはきと言う。この子は信じられる気がすると杏奈は思った。顔になじみがあるせいかもしれない。

「ほんとに、ここに青山空良くんがいるの？」

「はい。僕は昨日声を聞いただけなんですけど、ちゃんといるそうです」

少年はステージの方に顔を向けた。つられて杏奈も見ると、壇上の子供たちがいっせいに手を振ってきた。

「そ、そうなんだ……」

幽霊と聞くとなんだか暗いイメージがあったが、この体育館も子供たちも明るすぎる。

「あ、あの、あの子たち……エキストラでボランティアでタカマガなんとかって……」

「あ、あの子たちは僕も知らないんです。羽鳥さんが準備してくれたので」

「そうなの……」

壇上の子供たちはみんな笑顔で不安そうな様子は見えない。きゃっきゃと笑い合っているものもいた。

「じゃあちゃっちゃとやってしまおう。昨日と同じ、僕がピアノ弾くからね」

関西弁を話す小柄な青年が現れて、杏奈ににこりと笑いかけた。梓と少年が「さあ」と手を引く。

「え、あたしも？」

「はい、一緒に歌ってもらったほうが空良くんも来やすいと思うので」

梓が励《はげ》ますような笑顔を向けてくる。

「え、いや、ちょっと、あたし歌なんて……」

「いや、吉田さん。同級生じゃないですか」

「そうですよ、ここまできて歌わないなんてあり得ません」

少年が今更なにを、という顔をする。

「で、でも」

ごねたがどんどん引っ張られ、階段をあがってステージの上に立った。並んでいた子供たちがさあっと分かれて奥まで導かれる。

「合唱の……後ろの列……」

電話の後SNSを検索した。卒業式の歌のとき、一番後ろから幽霊の声が聞こえる――確かそう書いてあった。

「あ、あたし、あの……」

「大丈夫です、僕たちもいますから」

梓と少年が再び励ますように笑いかけてきた。幼い子供たちは一番前にとどまり、杏奈は梓と少年と一緒に一番後ろに立つ。ひーちゃんさんという人は、ステージの下で大きなカメラを構えていた。

「大丈夫、怖くありません」

「空良くんですから」

空良くん……本当に青山空良が？　怖くないって、本当に空良くんなら怖いんじゃないの？

「それじゃあ、昨日と同じ『はるがきた』、いきますよお」

関西弁の青年がこちらに向かって手を振ると、子供たちが声をあわせて歌い出した。

「はーるがきーた　はーるがきーた　どこにーきたー」

杏奈は周囲を見回した。梓も少年も歌っている。

「はーながさーく　はーながさーく　どこにーさくー」

伸びやかに響く子供たちの声、歌っていないのは自分だけのようだ。

「とーりがなーく　とーりがなーく　どこでーなくー」

最後の曲だ。杏奈は心を決め、小さな声で歌い出した。

「やーまでなーく　さーとでなーく……」

「―のでもーなくー」」

声が重なった。背後から聞こえたこの声！

「空良くん！」

振り向いたが誰もいない。膝の力がカクリと抜け、杏奈は壇上に尻餅をついた。

「きてる」

今まで一言も口をきかなかった丸い頬の幼い男の子がこちらをまっすぐに指さしている。

杏奈は目をこらした。すると今までなにもなかった空間にじょじょになにかが見え始めた。

「空良……くん……？」

白い影のような――子供の姿。それはやがて輪郭が曖昧な少年に変わっていった。

「空良くんね……」

記憶の中にずっと生きる少年の姿。それは間違いなく、クラスメイトの青山空良だった。

一年の間、卒業式間近までずっと一緒に下校していた彼だ。あの出来事があるまで――。

「杏奈」

空良の声が耳に触れた。

「あのときのこと……許してくれる？」

空良は手を差し出す。小さな手。小学生の手だ。こんなに小さかったのだ。

懐かしい彼。思い出す下校の風景。沈丁花《じんちょうげ》の甘い香り、カラスの声、夕暮れにかかるメロディ、蝉《せみ》の声、通り過ぎる車の排気ガスの匂い、足下を回る枯れ葉の音――。

「ゆる……」

その手を見ながら杏奈はコクリと息を飲んだ。

「許さ、ない」

目の奥が熱くなり、涙がぽろぽろこぼれ出す。

「吉田さん……」

杏奈の手を引いてくれた少年が驚いたような顔で見ている。

「だって、許したら空良くんいっちゃうんでしょう？　やっと会えたのに、またいなくなっちゃうんでしょう？　いやだよ、いかないで。もっと話したいよ」

杏奈の気持ちは六年前に戻っていた。あのときあたしは子供だった。だからわがままを言ってもいいよね？

肩に誰かの手が触れた。これは羽鳥梓？

「でも空良くんはこのままここで迷っててはいけません。空に返して輪廻《りんね》の輪《わ》に乗せなくちゃ……またこの世界に生まれてくるために」

「でも……」

「逝《い》かせてあげるのが彼のためなんです」

「……」

杏奈は涙をぬぐわず、空良の顔を見つめた。空良は杏奈の泣き顔を見て、困っているようだった。

「……うそ、許す。本気じゃなかったんでしょ」

あの日――、
一緒に下校しているのをクラスメイトの男子たちに見られた。ひどくからかわれて空良が放った一言。

「ちげーよ！　こんなのなんか好きじゃねーもん！」

あの日から空良は一緒に帰らなくなった。杏奈は一人の帰り道、泣きながら歩いた。

「……ごめん杏奈。ずっと好きだったよ」

空良は照れくさそうに笑った。その笑顔は変わらない。大好きだった彼。

「謝りたくて……伝えたかったんだ。ありがとう、来てくれて」

「空良くん……」

空良は手を伸ばし杏奈の頬に触れようとした。だが、指先を感じることはなかった。

空良は杏奈の背後に目を向けた。

「それ、くれる？」

振り向くとそこには羽鳥梓が立っていた。手には白い紙を持っている。梓は丸めてあった紙を広げ、目の前に掲げた。

「卒業証書授与。青山空良」

空良が両手を伸ばす。杏奈に触れることがなかったその手が卒業証書を受け取った。

「ありがとうございます……」

パチパチパチと壇上の子供たちが手を叩く。一番前に並んでいた幼い子供たちも、力いっぱい拍手していた。

空良は卒業証書をくるくると丸めると、それを振って元気よく言った。

「じゃあ、いくね」

「空良くん！　待って……っ！」

杏奈が手を伸ばしたのと、空良の姿が消えるのが同時だった。

「……空良くん……」

ほぉたーるのひぃかーり……まどのゆぅーきぃー

子供たちの歌声が聞こえてきた。美しいハーモニーが杏奈を包む。これは別れの歌だ。

いつーしかとぉしぃーの　すぅぎぃーのとぉをー……

杏奈はステージにつっぷしてむせび泣いた。本当に彼とさよならした。青山空良は旅立った。

あけーてぞ　けーさーは　わーかぁれ　ゆぅくぅー……

この世を卒業して、また新しい命に生まれるために。

終

すべてが終わった後、吉田杏奈は梓たちに一通の手紙を見せた。差出人は青山空良。

「卒業式の前日、うちのポストに入ってたんです」

杏奈は封を開けて見せてくれた。そこには小学生にしてはきれいな文字で、

「ごめん。許してくれるなら歌のあとで聞かせて」と書いてあった。

「この手紙をポストに入れた帰り道……空良くん、車にはねられて……。だからわたし、ずっと……わたしのせいだって思ってて……」

杏奈はまた泣いた。

涙が止まることはないが、それでも今までより気持ちは軽くなるだろう。空良と話して、彼を見送ることができたのだから。

「ありがとうございました」

今日のことは誰にも言わない、と杏奈は約束してくれた。

「今日のことは、わたしの大切な宝物にします」

吉田杏奈は何度も頭をさげて帰って行った。

「青山空良くんを送れてよかったです」

瑠衣は星空を見上げて言った。

「吉田さんが許さないって言い出したときはびっくりしましたけど、人にはそういう気持ちもあるんですね……」

役者の瑠衣にはいい体験になっただろうか。

「羽鳥さん、ありがとうございました。ボランティアの皆さんにも伝えておいてください」

そのボランティアの皆さんはいつのまにか体育館から姿を消していたが、瑠衣はもうそういうものだと思ったのか追及はしてこなかった。

「俺も、引き受けてよかったと思ってるよ」

梓はもう眠くてこっくりこっくりしている朱陽を抱っこして言った。白花も蒼矢も翡翠に抱かれて眠っている。玄輝は紅玉の背でぐっすりだ。

今日は、東京の空にしてはくっきりと星が輝く夜だった。きらめきが、まるで歌を歌っているようだと梓は思った。


しばらくして梓が子供たちとお散歩をしていると、着飾った母親と子供たちの集団に行き会った。みんな胸に造花をつけ、晴れがましく、誇らしい顔で歩いている。

さわさわと楽しげな話し声が、笑い声が通り過ぎてゆく。

（ああ、卒業式なんだ）

横に建つ長いコンクリは小学校を巡る塀だったのか。その上から淡い色の桜の枝が顔を出している。

「あじゅさ、おはなー」

蒼矢が舞い落ちる一枚の花びらをつかまえた。

「うん、桜だね」

「さくらー」「しゃくらー」「さくら……」

嬉しそうに歩いていく親子の上に桜の花が舞い落ちる。その花びらの一枚一枚が、学校という時間の中で育まれた記憶だろう。

ご卒業、おめでとうございます。

梓は心の中で呟いた。

願わくば、すべての子供たちが幸せに卒業できますように。

手のひらの中の桜の花びらが舞い上がる。

夢と希望を乗せて、はるか高い空へと昇ってゆく——。

作中歌　　はるがきた　作詞　高野辰之／蛍の光　作詞　稲垣千穎

コスミック文庫α
神様《かみさま》の子守《こもり》はじめました。16

2023年5月1日　初版発行

【著者】　霜月《しもつき》りつ
【発行人】　相澤　晃
【発行】　株式会社コスミック出版
〒154-0002　東京都世田谷区下馬 6-15-4
【お問い合わせ】 ―営業部― TEL 03(5432)7084　FAX 03(5432)7088
―編集部― TEL 03(5432)7086　FAX 03(5432)7090
【ホームページ】 http://www.cosmicpub.com/
【振替口座】 00110-8-611382
【印刷／製本】 中央精版印刷株式会社

ISBN978-4-7747-6469-6 C0193